U0939652

经典文学名著
JINGDIAN WENXUE
MINGZHU

# 复 活

FUHUO

〔俄罗斯〕托尔斯泰　著
吴兴勇　译

中国文联出版社

图书在版编目（CIP）数据

复活 /（俄罗斯）托尔斯泰著；吴兴勇译. -- 北京:
中国文联出版社，2023.3
ISBN 978-7-5190-5085-6

Ⅰ. ①复… Ⅱ. ①托… ②吴… Ⅲ. ①长篇小说－俄
罗斯－近代 Ⅳ. ①I512.44

中国国家版本馆CIP数据核字（2023）第003468号

著　　者　〔俄罗斯〕托尔斯泰
译　　者　吴兴勇
责任编辑　陈若伟　付劲草
责任校对　郑红峰
装帧设计　余　微

出版发行　中国文联出版社有限公司
社　　址　北京市朝阳区农展馆南里 10 号　　　　邮编　100125
电　　话　010-85923025（发行部）　　010-85923091（总编室）
经　　销　全国新华书店等
印　　刷　鸿鹄（唐山）印务有限公司

开　　本　710 毫米 ×960 毫米　　1/16
印　　张　15
字　　数　235 千字
版　　次　2023 年 3 月第 1 版第 1 次印刷
定　　价　29.80 元

# 走进名著

《复活》是俄国作家列夫·托尔斯泰创作的长篇小说，首次出版于1899年。

19世纪70年代末到80年代初，俄国的资本主义迅猛发展，农村遭到巨大的破坏，广大劳动人民的生活日趋赤贫。当时俄土战争的重负，连年饥饿给人民带来深重的灾难。这时托尔斯泰越发地关心人民的困苦。他积极地参加当时的救灾工作，目睹了农民和城市贫民的可怕处境，在他多年探索、思考的基础上终于看清了沙皇专制制度的反动本质。

本书取材于一个真实事件，主要描写男主人公聂赫留朵夫引诱姑妈家女仆玛丝洛娃，使她怀孕并被赶出家门。后来，她因被指控谋财害命而受审判。男主人公以陪审员的身份出庭，见到从前被他引诱的女人，深受良心谴责。他为她奔走申冤，并请求同她结婚，以赎回自己的罪过。上诉失败后，他陪她流放西伯利亚。他的行为感动了她，使她重新爱上他。但为了不损害他的名誉和地位，她最终没有和他结婚，而同一个革命者结为伉俪。

《复活》是托尔斯泰最后一部长篇小说，是作家一生探索和思想的总结，被誉为俄国批判现实主义发展的高峰。小说深刻地抨击了法庭、监狱、官僚机关的腐败、黑暗，揭露了封建统治阶级骄奢淫逸的生活和反动官吏的残暴昏庸、毫无人性，撕下了官办教会的伪善面纱，反映了农村的破产和农民的极端贫困，勾画了一幅已经走到崩溃边缘的农奴制俄国的社会图画。

本书为简读本，在不影响情节连贯的基础上，进行了删减和缩写，还增加了名师解读内容，更加方便读者阅读和理解。赶快翻开书，来阅读精彩内容吧！

# 故事大纲 GUSHI DAGANG

## 人物介绍

· 聂赫留朵夫：既是贵族地主阶级罪恶的体现者，又是本阶级罪恶的批判者。他突破了贵族传统的道德观念，放弃了贵族特权的地位，最后跟贵族阶级决裂

· 玛丝洛娃：她的灵魂深处保存着善良的天性和与聂赫留朵夫初恋时的美好回忆，“悔罪”的聂赫留朵夫才能获得她的宽恕，并使她重新“爱”上他

· 带有批判意义，暴露了沙皇俄国国家机器的反人民本质，暴露了俄国官办教会的欺骗性，否定了俄国沙皇的反动统治

· 描绘的是一个美与丑、善与恶、是与非完全颠倒的社会，讽刺了颠倒社会的法律和法庭

· 第一层次：对自己十年堕落生活的否定，这一层次的现实根源于玛丝洛娃对他丑恶行径的不断揭露和谴责

· 第二层次：对自己阶级和整个社会生活的否定，这一层次的现实根据是他对整个社会制度及阶级本身的思考

第三层次

· 第三层次：抛弃旧生活，走向新生活的道路，这一层次的现实根据是他对改造社会方式的探索和对社会出路及人生目的的思索

# 目录 CONTENTS

# 第一部

《马太福音》第十八章第二十一节:“当时,彼得走到他的跟前,问道:‘主啊!我的兄弟对我犯了罪,加害于我,我应当饶恕他几次呢?饶恕七次够了吗?’第二十二章,耶稣对他说:‘我没有说只饶恕七次,而是饶恕七十七次。’”

《马太福音》第七章第三节:“你自然看到了你兄弟眼中有刺,可你感觉到你自己眼中的原木吗?”

《约翰福音》第八章第七节:“……你们中谁没有罪过,就可向她扔石头。”

《路加福音》第六章第四十节:“学生总不能胜过自己的老师,但是,任何人如能不断自我完善,都可达到和他的老师并肩齐驱的地步。”

引用

引用《圣经》,增强感染力,这两段起提纲挈领的作用。

# 一

对比

运用对比的写作手法，点明大人物和成年人常自寻烦恼，引出下文。

动作和外貌描写

这里详细描写了玛丝洛娃的动作、外貌，使人物形象变得更加立体生动，拉近了读者和故事人物之间的距离。

春天到来了，万物都复苏起来，各种树木花草都伸展着自己的身躯。当然，春天也是欢乐的，无论草木、飞鸟、昆虫或孩子都感到欢乐无比。但是那些大人物或成年人，并没有因为春天来了而稍稍开心，而是在继续欺骗和折磨自己，或在继续互相欺骗和互相折磨。

4 月 28 日，九点钟之前，省立监狱准备提审羁押在狱中的三名侦讯中的囚犯——两名女犯和一名男犯，其中一名女犯尤为重要，需单独提审。于是，4 月 28 日早晨八点，一个年老的男狱卒走进单独关押女犯的监牢的昏暗而臭烘烘的走廊里，尾随着他步入走廊的还有一个女狱卒。

男狱卒用一个铁条将门弄得叮当作响，开了锁，打开了囚室的门，从门内涌出一股比走廊更臭的气体，他叫道：

“玛丝洛娃，上堂！”随即他又虚掩上门，等待着。

监狱中响起一片忙乱的声音：妇女们的说话声和光着脚走路的声音。

“打起精神来，好不好，等一下可得动作麻利点，玛丝洛娃，我说！”年老的男狱卒在囚室门旁呼叫道。

过了两分钟，一个身材不高、体态丰盈的年轻女人迈着矫捷的步子从门里走出来。她穿着白色的上衣和白色的裙子，外罩一件灰色的长囚衣；她灵巧地一扭身，就到了男狱卒的跟前。这女人的脚上穿着亚麻织的短袜和囚犯穿的女式暖鞋，头上缠着一块白色的三角头巾，头巾下面，明显是有意地露出一圈黑色的鬈发。女人的整张脸显得特别惨白，这种白色常常可以从被羁押很久的犯人的脸上看到，它令人想起地窖里马铃薯的幼芽。她那双短而宽的手和从囚衣领中露出丰满的白脖子也呈现出同样特殊的白色。她将身子挺得很直，鼓起胸脯，走出牢门。到了走廊上，她略微仰着头，抬眼直视着男狱卒的眼睛，似乎在说，她已准备好了，可以做一切要求她做的事。

年老的男狱卒说："跟着我，玛尔什！"

玛丝洛娃走到了走廊的中央，以快捷的小步跟随在年老的男狱卒的身后。他们走下监狱的楼梯，经过比女监更臭更嘈杂的男监，这些监牢里到处都有一双眼睛在门旁的气窗里瞅着他们不放。随即到了监狱办公室，已经有两个荷枪实弹的押解士兵站在那儿等着，坐在那儿的录事将一张满是烟草气味的纸交给士兵的一位，一面指点着这名被拘留的女犯，说道：

"交给你们啦。"

士兵们押着女犯走下楼梯，走向大门。

主要出口的大门上只敞开了一扇小便门，士兵们和女犯跨过便门的门槛，到了院子里。他们走出围墙，便到了城市中心的用石块铺砌的大街上。

**伏笔** 交代了犯人的押送路线，为后文描写女犯在街上引人注目埋下伏笔。

女犯感觉到从各方面倾注到自己身上的视线，虽未转动头颅，仍不由自主地斜视着那些看她的人。自己成为众人关注的对象，这令她稍稍感到欢欣。令她欢喜的还有比监狱中更清新的、更令人愉悦的空气。但她早已不习惯于走路，特别是穿着这双不合脚的囚犯鞋，更添了几分痛楚。经过一家面粉店时，她看见一些鸽子在摇摇摆摆地行走觅食，只有这些鸽子不会欺负人，不会惹人伤心，她几乎在一只蓝灰色的鸽子前停下脚步，那只鸽子"扑"的一声飞起，拍着翅膀，紧擦着她的耳畔飞过，使她感受到一阵清风。女犯的脸上绽开了笑容，可然后又沉重地叹了一口气，她记起了自己的境遇。

**心理和神态描写** 这里描写了玛丝洛娃的心理和神态。鸽子、清风都是美好的事物，与玛丝洛娃的境遇形成了鲜明的对比，衬托出其境遇的悲惨、凄凉。

## 精简点评

本节拉开了小说的序幕，交代了故事发生的时间、地点及部分人物。女犯玛丝洛娃、男狱卒、士兵等相继登场，故事便在女犯沉重的叹气中开始了。对那些大人物来说，生机勃勃的春天远不如通过阴谋诡计去制服和统治别人重要，这是对当时黑暗的社会现实的揭露和嘲讽。在本节中，作者没有刻意强调阶层的差距，却通过描写人物的神态、动作、服饰等展现了各阶层的不同，揭示了上层社会和下层人民之间存在尖锐的矛盾冲突的社会现实。

## 佳词美句

叮当作响　麻利　鬈发　羁押　荷枪实弹

当然，春天也是欢乐的，无论草木、飞鸟、昆虫或孩子都感到欢乐无比。但是那些大人物或成年人，并没有因为春天来了而稍稍开心，而是在继续欺骗和折磨自己，或在继续互相欺骗和互相折磨。

## 阅读思考

1. 那些大人物或成年人为什么没有因为春天的到来而稍稍开心呢？
2. 请简单描述玛丝洛娃的外貌。

# 二

女犯玛丝洛娃的生平历史再平凡不过了。玛丝洛娃是一个未出嫁的女奴婢的女儿，这女奴婢随着自己的以农奴身份给地主饲养家畜的母亲住在一个乡村庄园里，这个庄园归两名互为姐妹的地主家的小姐所有。玛丝珞娃的母亲每年都要生孩子，这在当时的农村是司空见惯的现象。人们给新生儿举行洗礼，不过做母亲的不愿喂养孩子，因为她不希望孩子出生，她不要孩子，孩子会妨碍她做事，因此孩子很快就死于饥饿。

叙述

揭示了当时底层女性的凄凉、悲惨景象。

就这样一连死了五个小孩。人们给这些孩子都举行了洗礼，可后来因得不到喂养，他们一个个都死了。第六个孩子是和一个路过的茨冈人姘居而生的，是个女孩，她的命运本来也不会好到哪里去，可是偶然发生了一件事，使她能延续悲惨的人生。两个地主家的老小姐中的一位顺路来到养牲口的窝棚，恰好看到了刚刚出生的女婴，出于怜悯，便自愿担任她的教母。她亲自给这个女婴举行洗礼；接着，出于对自己的教女的怜爱，她给产妇留下了一些牛奶和钱，这女孩得以存活下来。因此，人们称老小姐是女孩的“救命恩人”。

阅读笔记

孩子长到三岁时，她的母亲得病死了。忙于饲养家畜的外婆认为这个外孙女是个累赘，老小姐们便把女孩领到身边抚养。黑眼睛的女孩成长为一个特别活泼可爱的小姑娘，她的到来也缓解了老小姐们的寂寞。

交代了玛丝洛娃的成长过程，引出下文。

老小姐有两个：年轻的那个心肠比较慈善，名叫索菲亚·伊万诺芙娜，她就是给小姑娘施洗的小姐；年老的那个比较严厉，名叫玛丽亚·伊万诺芙娜。索菲亚·伊万诺芙娜给小姑娘穿漂亮衣服，教她读书写字，打算将她培养成一个受过教育的女学生。玛丽亚·伊万诺芙娜却认为这个小姑娘应当被培养成一个善听使唤的女仆，所以她对小姑娘要求严格，常常惩罚她，遇上她心情不好，还会鞭打小姑娘。小姑娘始终处于两种权威之间，等她长大之后，成了一个半女仆、半女学生的中间类型的人。人们称她为卡秋莎。她缝补衣服，打扫房间，擦洗圣像，煎烤食物，磨粉，端咖啡，洗小件衣服，有时还陪小姐们闲坐，读书给她们听。

名师解读

女孩只想嫁给有钱人家做贵妇人，不想嫁给贫穷人家受苦，她再也忍受不了以前的艰苦生活。

有人向她求婚，但是她谁也不愿嫁。那些求婚者都是靠劳动为生的人，她觉得，和这些人生活在一起对她来说是不能忍受的，老地主家生活的甘甜已经把她娇养坏了。

就这样她长到了16岁。当她满16岁时，她陪伴的小姐们的一个侄儿远道而来看望她们，那是个富有的公爵，又是大学生。卡秋莎爱上了他，她既不敢向他承认自己的爱情，也不敢让自己承认这一点。过了两年之后，又是这个侄儿，在从军上前线的中途，顺道前来看望姑母们，在那儿住了四天。在离去的前夜，他诱奸了卡秋莎。分手时，他塞给她一张一百卢布的纸币，就走了。他离去五个月之后，她才发现自己怀孕了。

名师解读

卡秋莎终于将心中积压了的苦楚爆发了出来，她的生活也因此而发生了巨变。此处交代了卡秋莎离开老小姐家的原因，推动故事情节的发展。

从那以后，一切事物都令她感到厌恶。她心中想的只是怎样逃避在前面等待着她的羞耻，她心不在焉地服侍着两位小姐。有一天，一切压抑着的感情一下爆发了。她用极粗鲁的言辞数落了两位小姐一通，将心中埋藏多年的怨恨全部发泄了出来。接着，自己又向她们赔罪，同时请求辞掉工作。

而两位小姐早已对她很不满了，见她主动请辞，也不挽留，打发她走了。离开老小姐后，她在一个区警察局长家里做女仆，但是在那儿仅仅待了三个月。区警察局长是个五十多岁的老头，开始纠缠她。有一次，他强行非礼，她勃然大怒，骂他是坏蛋，猛力推开他的胸膛。于是她被赶了出来。再找做事的地方已不必要，因为马上就要分娩了。她在乡下一个卖酒的寡妇接生婆家里落脚。小孩生下来了。但她在分娩时被传染了产褥热，重病的产妇只好暂时将婴孩送到育婴堂抚养，据那位护送孩子的老太婆说，婴儿刚送到育婴堂，就夭折了。

> **叙述**
> 交代了卡秋莎分娩的过程及没有抚养孩子的原因，表现了底层人民生活的困苦。

卡秋莎刚到接生婆家时，身上所有的钱只有一百二十七卢布：一百卢布是诱奸她的人给她的，二十七卢布是她当女仆挣的工钱。当她离开接生婆家时，身上只剩下六个卢布了。不得已，卡秋莎身体一康复，便亟需寻找工作。在一个林管局主任家中，她找到一份当女仆的工作。这个林管局主任是个已婚男子，像那位区警察局长一样，也十分好色，等到一个机会，他就占有了她。她有一次撞见丈夫和卡秋莎单独待在一个房间里，便扑上去殴打卡秋莎，卡秋莎被迫还手，两个女人打成一团。结果卡秋莎被驱逐出门，未得到分文工钱。于是她坐车进城，投靠她的一个姑母。姑父原是个装订工，以前一家子生活还过得去，而现在他已失去了工作，沦落成酒鬼，将手中的钱通通喝酒花光。

> 这里详细地介绍了卡秋莎身上所有钱的去向，展现了卡秋莎生存的艰难。

姑母靠开一家小洗衣店维持生计，以养活孩子们和酒鬼丈夫。姑母接纳玛丝洛娃是想让她在店里当一名洗衣女工，但目睹姑母店里的洗衣女工们的艰辛生活，玛丝洛娃感到心寒，便迟迟没有答应姑母的要求。最终，她还是打算到富贵人家做女仆，三番两次跑职业介绍所。总算找到一个工作岗位，一位带着两个中学生儿子的女东家雇请了她。她踏入这个家庭才一个星期，又出麻烦了。女东家的蓄着唇髭的大儿子、一个六年级的中学生，把学业抛在一边，不断纠缠玛丝洛娃，不让她得到片刻安宁。做母亲的把一切过错都归到玛丝洛娃身上，立刻付清工钱将她解雇了。新的工作岗位一时难找，可是发生了一件事，改变了她的人生道

外貌描写

此处描述了女财主的穿着打扮，使其形象跃然纸上。

外貌和神态描写

反映出老头的下流。

阅读笔记

路。某天，玛丝洛娃来到女工职业介绍所，遇到一位女财主，此人全身珠光宝气，胖乎乎的裸露的手上戴满镶嵌宝石的金戒指和玉手镯。这女财主获悉了寻找工作的玛丝洛娃的境遇后，便将自己的住址告诉她，请她到自己家里做客。玛丝洛娃应邀前往。女财主十分殷勤地接待她，端出馅饼和甜美的葡萄酒请她品尝，并派遣她自己的女仆带一张字条到什么地方去了。傍晚一位头上留着花白的长发、胸前灰白胡须飘拂的高个子男人走进房间。这个老头刚来就挨近玛丝洛娃坐下，对着她笑，色眯眯的眼睛往她全身上下打量个不停，还用言语调戏她。女主人将他唤到另一个房间，玛丝洛娃隐约听见女主人在和他说："乡下来的。"然后，女主人将玛丝洛娃也唤到一边，对她说，此人是个作家，很有钱，她如果能满足他，他绝不会吝惜金钱。她答应了。后来，作家给了她二十五个卢布，并与她时常幽会，后来还将她接到了单独的寓所居住。

住在作家租赁的住宅里，玛丝洛娃有了新欢，她爱上了住在同一个院子里的一个喜笑颜开的商店掌柜。她把自己另有所爱的事亲自向作家表白，并搬到另一套较小的住宅里。可是好景不长，原本答应娶她的商店掌柜不辞而别，坐车到下诺夫哥罗德去了，看样子，将她抛弃了。她想单独在这套房间里住，但管事的不允许。警察说，只有出示妓女身份证和时时接受监督才能住在那儿。于是她又投奔姑母家，姑母看见她身上时髦的衣服、披肩和帽子，惊诧莫名，将她当作上宾相待，再也不敢提起要她当一名洗衣女工的事了，认为她已经跨入了上层社会的生活圈。而对此时此刻的玛丝洛娃来说，做不做一名洗衣女工，已不是一个值得考虑的问题了。她带着哀怜的心情看着这些住在劣等房间里的脸孔苍白、双手干瘦的洗衣女工的苦役般的生活。她们中的一些已经得了肺痨病或其他病症。不管春夏秋冬，她们都待在窗户洞开的房间里，处在三十摄氏度的肥皂蒸汽中，不停地用肥皂搓洗着衣服，用熨斗熨烫着裤子，想到自己可能落入如此境地，她就害怕极了。

这段时间对玛丝洛娃来说，是走霉运的日子，一个可作为靠山的人物也没捕获到，可她自己被一个专门为妓院物色姑娘的女皮条客捕获了。

玛丝洛娃早就染上了吸烟的习惯，但是在和商店掌柜同居的最后一段时间里以及他抛弃她出走以后，她越来越爱杯中物，喝酒成瘾了。美酒吸引她，不仅因为她觉得它的味道好，主要是因为喝酒能解千愁——一端起酒杯，她就有可能忘记她遭受的种种苦难。酒能使她得到解脱，轻松自在；酒能使她壮胆；使她对自己的价值又有了信心。不喝酒的时候，她总是露出灰心丧气、没脸见人的样子。

女皮条客订下一桌酒席，邀请姑母领她赴宴。席间，她将玛丝洛娃灌得酩酊大醉，劝她进入一家全城最好的妓院服务，在她面前列举这种职业的丰厚收益和优越条件。玛丝洛娃妥协了。就在当晚，女皮条客雇了马车将她送进了火坑——有名的基塔耶夫妓馆。

从此以后，对玛丝洛娃说来，一种违背人类戒律的持久犯罪的生活开始了。有成千上万的妇女过着这样的生活。这种犯罪不仅得到允许，而且是在号称关心自己公民福利的政府的庇护之下进行的，其中百分之九十的妇女的结局是患上十分痛苦的疾病，提前衰老和死亡。

转眼之间，玛丝洛娃就这样过了七年。在此期间，她曾两度跳槽，换了两个妓院，还住了一回医院。可到第八年，二十六岁时，她出事了，为了这件事，她进了大牢，在与杀人犯和盗窃犯一起被关了六个月之后，眼下面临审判。

叙述

作者借玛丝洛娃的眼睛，揭露了洗衣女工的生活现状，引发了读者强烈的情感共鸣。

对比

这里运用了对比的写作手法。喝酒后的玛丝洛娃和没喝酒的她的状态形成了鲜明的对比，既解释了她为何会喝酒成瘾，又道出她的生活困境。

阅读笔记

本节主要介绍了女主人公玛丝洛娃的生平，涵盖了她的身世、成长环境和生活经历。玛丝洛娃在两个老小姐的教养下成长为一个半女仆、半女学生的中间类型的人。她16岁时突逢变故，而后经历了怀孕、染病、被雇主调戏、孩子夭折等苦难。在这期间，她抽烟、酗酒，堕落沉沦。

## 佳词美句

司空见惯　心不在焉　勃然大怒　珠光宝气

人们给新生儿举行洗礼，可然后做母亲的不愿喂养孩子，因为她不希望孩子出生，她不要孩子，孩子会妨碍她做事，因此孩子很快就死于饥饿。

## 阅读思考

1. 女婴时期的玛丝洛娃因何事得以延续悲惨的人生？
2. 玛丝洛娃怎么会成为一个半女仆、半女学生的中间类型的人？
3. 玛丝洛娃为什么会酗酒？

# 三

正当玛丝洛娃苦于长久的步行，并且和押送她的兵士一起渐渐走近一处花园环绕的建筑时，她的抚育人的侄儿、诱奸她的人德米特里·伊万诺维奇·聂赫留朵夫公爵还没起床，他躺在自己的铺着羽绒床垫的有弹性的揉皱了的高床上，抽着上等俄国烟卷，一面解开身上的荷兰进口的精致洁净的睡衣的领口纽扣，那睡衣前襟的褶皱熨烫得十分平整。他眼睛直望着自己前面，思考他现在要做的事和昨晚发生的事。

对比

突出了德米特里·伊万诺维奇·聂赫留朵夫公爵生活的精致、舒适，和玛丝洛娃的生活形成了鲜明对比。

他回忆起昨晚在柯察金家举行的晚会，参与者都是有钱人和有名望的人，大家都认为他应当娶这家的女儿为妻。

昨天夜晚，三个男仆将餐室的镶木拼花地板擦洗得十分洁净，一尘不染。餐室里陈设着一个巨大的橡木食橱，还有一张同样巨大的可伸缩的餐桌，餐桌上铺的桌布是十分精致而浆洗过的。桌上摆放着各种进餐用具。靠近餐具摆着收到的信、报纸和新的法文杂志 *Revue des deux Mondes*（法文：《来自两个世界的杂志》）。聂赫留朵夫正要伸手取一封信来看，女管家阿格拉费娜·彼得罗夫娜走来了。

“早上好，德米特里·伊万诺维奇。”

“阿格拉费娜·彼得罗夫娜，有什么新闻吗？”聂赫留朵夫半开玩笑地问。

“有一封信，不知是公爵夫人写来的，还是公爵的女儿写来的。”阿格拉费娜·彼得罗夫娜呈上信，意味深长地微笑着。

语言和神态描写

从阿格拉费娜·彼得罗夫娜意味深长的微笑可知，她了解其中的一些情况。

“好，我马上看。”聂赫留朵夫说。他接过这封信，察觉到阿格拉费娜·彼得罗夫娜脸上的微笑，不禁皱起眉头。

“那么我告诉她，让她再等一会儿。”

聂赫留朵夫拆开阿格拉费娜·彼得罗夫娜递给他的带着芳香气味的信，读了起来：

我现在履行自己承担的义务：增进您的记性。

信写在一张边缘不整齐的灰色的厚纸上，用的是辛辣的笔锋，但书写稀稀拉拉。

我提醒您，今天，4月28日，您应当出席陪审员组成的法庭，因此，您怎样也不能和我们以及科洛索夫一家坐车去看画展。您就是这么一个人，行事带着您固有的轻率，昨天您曾许诺去看画展的；a moins que vous ne soyez dispose a payer a la cour d'assises les 300 roubles d'amende, que vous vous refusez pour votre cheval（法文：当然，如果您不想支付州法院300卢布的罚金，您宁肯花这笔钱买一匹马的话），您是不会按时光临我们这儿的。我记起这个诺言是昨天您起身要走的时候许下的，这您总不会忘记吧。

玛·柯察金娜公爵小姐

在反面又加上一些话：

Maman vous fait dire que votre couvert vous attendra jusqu'a la nuit, Venez absolument a quelle heure que cela soit.（法文：老母亲吩咐我转告您，您的餐具将摆放到晚上，等您光临。无论什么时候，只要您方便，一定来。）

玛·柯

名师解读

这句话隐含了一种威胁：就是无论如何，你都得来，否则你就欠了一个人情。而且公爵小姐在此搬出了自己的母亲，足以显出她的策略手段。

聂赫留朵夫皱了皱眉头。这张字条是一项手段高超的活动的继续，公爵的女儿柯察金娜对他开展这项活动已有两个月了，其用心在于用不可见的线将他和她越来越紧地捆绑在一起。可实际上，除了已不处在早年的青春时代，和不会再有充满情欲的恋爱等导致人们在婚姻上犹豫不决的通常原因外，在聂赫留朵夫那里还有一个重要的原因，这原因并不是他十年前诱奸了卡秋莎，并抛弃了她，这件事他完全忘记了。这原因在于他这段时间同一个结了婚的女人有关系，即使他马上单方面割断这种关系，但也藕断丝连，要断难断，因为很难让那个女人承认这种关系断了。

这妇人是某县贵族会议领袖之妻，聂赫留朵夫常去该县参加选举。这妇人有了机会，便使用手腕勾引他，和他有了这种关系。最初，聂赫留朵夫禁不住她的诱惑，后来他觉得自己在她面前是有罪的，他不能未经她的同意就斩断这种关系。正是这个原因导致聂赫留朵夫眼下犹豫不决，他认为自己无权向柯察金娜求婚，纵使他想这样做，也不能做。

桌上正好摆着这妇人的丈夫写来的信。一看到这熟悉的笔迹和图章，聂赫留朵夫就禁不住心血往上冲，精神亢奋而紧张。每当遇到危险迫近时，他的身体总有这样的反应。聂赫留朵夫的主要地产都在该县，他在信中通知聂赫留朵夫说，决定于五月底召开全体缙绅参加的地方自治会议，他请求聂赫留朵夫务必前来参加，并且在会上 donner un coup d'epaule（法文：支持）他，地方自治会议面临有关学校和铁路专用支线等重要问题，预料他在这些问题上将遭到反动党的有力反对。

这个贵族会议主席是个自由主义者，他曾和思想一致的同志们跟亚历山大三世时期的反动政治做斗争，这项斗争吞没了他的全部身心，以至于他没有察觉到他家庭生活的不幸。

另一封信是地产总管写来的。总管写道：他，聂赫留朵

叙述

这里一方面体现了聂赫留朵夫根本没有将诱奸卡秋莎这件事放在心上，另一方面揭露了他堕落、空虚的生活状态。

仅仅是一封信，就使聂赫留朵夫的身体做出如此反应，可见他是个胆怯的人。这段描写揭示了贵族敢做不敢当、假正经的面目，侧面反映出贵族内心的空虚。

夫，必须亲自前来，以便依法取得遗产的继承权。此外还要解决如何继续经营全部产业的问题：或者按照公爵夫人在世时的方法经营，或者按照他曾多次向去世的公爵夫人建议、现在仍旧向年轻的公爵建议的方法，即增添生产备用品，增加分给农民的自主耕作的土地。总管写道：这样的经营方法将大大获益。同时总管表示歉意说，按时间表，本应在这个月 1 号以前上交的三千卢布的田租，寄出稍有延迟。这笔钱将和下一笔邮局汇款一起寄来。他迟迟没有寄出，是因为从农民们那儿怎样也收不到钱，他们玩弄花招已经达到了这样的程度，为了强迫他们交租不得不求助于政府。这封信又令聂赫留朵夫左右为难。他曾经以青年人的直率和果断，不仅在口头上宣讲土地不可能是私人拥有的物品，不仅在大学读书时写文章宣传此观点，而且在实际行动上将少部分土地（不属于母亲，而是父亲遗留给他的个人财产）分给了农民，从而不违反自己的关于土地占有的信念。可现在，根据遗嘱他被迫当上了大地主，他应当二者择一：或者放弃自己的所有权，好像十年前对于他父亲的两百俄亩（一俄亩等于 1.09 公顷）土地所做的那样；或者默认他自己以前的做法是错误的和虚伪的。但是，对他来说，这两种选择都不是他想要的。

细节描写

揭示了聂赫留朵夫的钱的来历，反映出贵族对农民的剥削。

叙述

这里描写了青年的聂赫留朵夫的行为，突出青年聂赫留朵夫的直率、果断、精神充实。

所以总管的信使聂赫留朵夫感到不安。

## 精简点评

本节主要介绍了男主人公德米特里·伊万诺维奇·聂赫留朵夫公爵的生活现状。他的所有用品，从服饰到餐具，都是精致和讲究的，但他本人没有这些用品这般精致。他胆怯、虚伪、虚荣，靠收田租剥削农民为生；他和已婚妇女有来往，满嘴花言巧语，举止违背伦理道德，俨然是一个堕落的寄生虫。此外，本节还提到青年时期的聂赫留朵夫，那个时候，他性格直率、果断，有着崇高的信仰，每天过得充实。如此优秀的一个人，怎么会变成如今这副模样？

## 佳词美句

揉皱　熨烫　一尘不染　意味深长　藕断丝连　犹豫不决

这张字条是一项手段高超的活动的继续，公爵的女儿柯察金娜对他开展这项活动已有两个月了，其用心在于用不可见的线将他和她越来越紧地捆绑在一起。

## 阅读思考

1. 聂赫留朵夫为什么不向柯察金娜求婚？
2. 地产总管在信中主要写了些什么？
3. 总管的信为什么会使聂赫留朵夫感到不安？

# 四

喝了咖啡，聂赫留朵夫走向书房，以便看一下法院的通知书，弄清楚他应当几点钟到达法院。他写了一封回信给公爵的女儿，然后乘坐马车直奔法院。

聂赫留朵夫步入法院走廊时，看守们有时是快步走，有时简直是在跑，手持委托书或纸张，来回奔跑。民事执行吏、辩护律师和法官们的身影时而飘过这里，时而经过那里。原告或者被告的旁边都没有看守，垂头丧气地在墙边漫步，或者坐着。

人物描写

一个“飘”字，形象地写出了民事执行吏等人的忙碌。

聂赫留朵夫按照一位看守的指示往陪审员房间走去。

在不大的陪审员室里，已有十个不同等级的人，他们在聊着闲话和即将发生的大事。那些过去不认识聂赫留朵夫的人，现在急于要和他结识，并且把这当作莫大的光荣。

审判长很早就来到法院了。这是一个高大肥胖的男士，蓄着一口庞大的灰白的连鬓胡须。他已婚，但过着十分放荡的生活。他的妻子也像他那样放荡，两人互不干涉。就在今天早晨，他收到了一个瑞士籍的女教师的短信，夏天，这名女教师曾住在他们家里，和她有过一段罗曼史。现在她从南方去彼得堡，途经此地，3 点钟到 6 点钟之间她将在城里停留，在“意大利”旅馆等他相会。所以他打算在 6 点钟之前赶去看望这个红头发的女郎克拉拉·瓦西里耶夫娜。

名师解读

简单的几句话，就完整地概述了审判长和妻子放荡的生活现状，刻画了审判长的人物形象，反映了当时的社会风气，揭露了上层人士无耻、下流、放荡的生活。

一走进房间，他就咔嗒一声锁上门，从装文件的柜子里取出一对哑铃，做了运动。这时门响了，审判长急忙打开门。

“请原谅！”他说。

一个法官走了进来，此人戴着一副金边眼镜，个子不高，双肩高耸，脸色阴沉——他今天早晨与妻子有一场不愉快的冲突。

“马特维·尼基季奇又没有到。”法官很不满地说。

“还没有来，”审判长穿上制服，回答说，“他总是迟到。”

书记官走了进来，手里拿着某个案子的文件。

“我十分感激您，”审判长说，一面抽着烟卷，“我们首先审哪个案子？”

“照我看，应先审中毒死亡案。”书记官漠不关心地说着。

语言描写

从“漠不关心”一词，可见书记官对工作的懈怠——他对伸张正义毫无兴趣。

“嗯，好吧，中毒死亡案就中毒死亡案吧。”审判长说，心中考虑着这个案子也许能够在4点以前结束，然后他就可以坐车去赴约会。“可马特维·尼基季奇来了吗？”

“还没来。”

“布雷韦在吗？”

“在。”书记官回答说。

“那么就对他说，如果您不感到惊奇，我们就从中毒死亡案开始审吧。”

布雷韦是在这次审判中担任主诉人的副检察官。

书记官一走到走廊里，就遇见了布雷韦。

书记官问他：“米哈伊尔·彼得罗维奇想知道，您准备好了没有？”

“那还用说，我总是准备好了的，”副检察官说，“首先审理哪桩案子？”

“中毒死亡案。”

“好极了。”副检察官说。但他依然没有查看这个好极了的案子的案卷，他一宵未睡，头脑昏沉。昨夜他们一伙人给一个同事送行，喝个烂醉，一直玩乐到两点钟，然后前往青楼泡妞，去的正是六个月前玛丝洛娃在那儿服务的妓院，因此，恰恰是这宗中毒死亡案的案卷他来不及看，眼下想走马观花地阅读一下。

语言描写

体现了副检察官气恼又无奈的心情。

阅读笔记

## 精简点评

本节着重刻画了几个典型的人物形象：审判长、副检察官、法官、书记员。他们非但没有运用法律维护底层人民的利益，反而借助法律布局。审判长在办公室锻炼身体，一心只想着审判结束去和情人约会；法官和妻子闹矛盾，一脸的不快；副检察官整夜胡混，丝毫不把案件放在心上……作者通过描写这些人物，揭示了当时的法院无法伸张正义的现实，引人深思。

## 佳词美句

揣测　漠不关心　走马观花

聂赫留朵夫步入法院走廊时，看守们有时是快步走，有时简直是在跑，手持委托书或纸张，来回奔跑。

一个法官走了进来，此人戴着一副金边眼镜，个子不高，双肩高耸，脸色阴沉。

## 阅读思考

1. 审判长为什么那么早就来法院？
2. 副检察官为什么没有看案卷？

# 五

名师解读

“点名”本来是一件非常简单又十分常见的事，可是在这里意义变了，点名的人变成了“猎人”，在猎捕有身份、有权势、有地位的人。细节处彰显了民事执行吏目中无人、自以为是和阿谀奉承、攀权附贵的嘴脸。

马特维·尼基季奇坐的车辆终于驶来了，与他同时到达的还有民事执行吏，他一来就走进了陪审员室。

“现在点名。”民事执行吏说着，从口袋里取出一张纸，开始喊叫每个名字，时而通过夹鼻眼镜，时而从眼镜的隙缝里看被点到的人。

“五品文官 И.М. 尼基福罗夫。”

“在。”一个对法官们办的案子全盘熟悉的先生说。

“退休的上校伊万·谢苗诺维奇·伊万诺夫。”

“到了。”一个身穿退休军官的制服的瘦子答应说。

“二等商人彼得·巴克拉绍夫。”

“有，”性格开朗的商人笑得合不拢嘴，“听候大人差遣！”

“近卫军中尉德米特里·聂赫留朵夫公爵。”

“我在。”聂赫留朵夫答道。

细节描写

突出民事执行吏对聂赫留朵夫公爵的奉承和谄媚之态。

民事执行吏格外恭谨和友善地从夹鼻眼镜的上面看了看，同时弯腰致意，仿佛要用这种礼节表示此人与其他人有别。

“现在请先生们到审判庭去。”民事执行吏说道。

大家都起身行走，便互相谦让着，他们走入走廊，又从走廊走进了审判大厅。

审判庭的一头由一个高台完全占据，有三级台阶通向这高台。陪审员们到场就座之后，民事执行吏随即以其侧向一边的步伐走向高台中央，大声喊叫着：

“法庭开庭！”

全场起立，法官们在大厅的高台上露面：领头的是审判长，他以其壮实的肌肉和美丽的连鬓胡须令人惊羡；尾随其后的是那戴着金边眼镜、脸色阴沉的法官。

殿后的第三位法官就是经常迟到的马特维·尼基季奇。

走上高台的审判长和法官都穿着有金线绣花衣领的官员制服，其堂堂的仪表足以令在场的人产生深刻印象。他们自己也感觉到了这一点，于是，他们三人仿佛都因自己的装腔作势而惶恐，立即谦恭地垂下眼睛，匆忙在铺有绿色呢绒布的文案后面的各自的镂花圈椅上就座。和法官们一道进入审判庭的有副检察官。他同样显得匆忙，腋下夹着公文包，同样地摆动着一双手，穿过大厅到达靠近窗下的自己的席位，并且立刻埋头阅读和重新查看案卷，抓紧每一分钟做准备，以便在开审后陈词。

书记官坐在高台上对面的一头，他将可能需要阅读的文件整理放好后，在浏览一篇违禁的论文，昨晚他找到了它并读了一遍。他想和那个蓄大胡子的法官讨论一下这篇文章，该法官和他观点相同，在和其谈话之前他想先熟悉一下这篇文章。

细节描写

表现了书记官对待工作的认真。

## 精简点评

本节主要描写了审判庭的布局和参加审判的人员的位置、服装、外貌、心理、动作等，彰显了作者细致入微的观察能力。作者对人物形象的刻画技巧也是十分高超的，每一个人物形象都是独一无二的，他们的外貌、举止、心理活动都不一样，可是他们都有共性：虚伪、堕落。

## 佳词美句

隙缝　合不拢嘴　恭谨　惊羡

民事执行吏格外恭谨和友善地从夹鼻眼镜的上面看了看，同时弯腰致意，仿佛要用这种礼节表示此人与其他人有别。

他同样显得匆忙，腋下夹着公文包，同样地摆动着一双手，穿过大厅到达靠近窗下的自己的席位，并且立刻埋头阅读和重新查看案卷，抓紧每一分钟做准备，以便在开审后陈词。

1. 民事执行吏是个什么样的人？
2. 书记官在审案前做了哪些准备？

# 六

审判长将文件浏览了一遍，向民事执行吏和书记官问了几个问题，都获得了满意的回答后，便吩咐提被告过堂。栅栏后的门立刻开了，两个戴着帽子、手持出鞘的军刀的宪兵进入大厅，跟在他们的身后，首先出来一个头发火红色、脸上有雀斑的受审的男人，接着出来两个受审的女人。那男人穿着一件囚犯的长袍，这件衣服对他来说太大、太长了。进入法庭时，他小心翼翼地坐在板凳的边缘上，留下位置给别人坐。他坐好后，眼睛凝视着审判长，仿佛有什么要诉说，脸颊上的肌肉开始微微颤动。尾随着他进来的是一个年纪不轻的妇人，同样穿着囚犯的长袍。妇人的头上系着囚犯的三角头巾，一张脸呈灰白色，没有眉毛和睫毛，但有一双美丽的眼睛。这个妇人表现得非常镇定。她朝着自己的位置走去时，长袍被什么东西挂住了，她不慌不忙，用劲将其扯出，并坐了下来。

第三个受审的人是玛丝洛娃。她一走入法庭，全场男人的眼睛都集中在她的身上，跟着她转，长久地观察着她那张苍白的脸——上面有一双晶莹透亮、楚楚动人的眼睛。

审判长耐心地等待着，直到被告们一一就座，特别是玛丝洛娃坐好后，他才又向书记官下指示。

通常的司法程序开始了：检查陪审人员的人数，讨论缺席、请假和补充陪审员缺额的问题，然后由祭司带陪审员宣誓。宣誓完毕，审判长提议陪审员们选举一名首席陪审员。陪审员们开始行动，聚成一堆，前往一间议事室。仪表出众的先生向审判长报告了选举结果，大家重新迈着整齐的步伐，走向有高靠背的分两排的椅子，准备坐下来。

阅读笔记

名师解读

作者详细介绍审判人员后，终于将镜头转到了我们的主人公玛丝洛娃身上。此段既承接上文，点出玛丝洛娃是“第三个”接受审判的人，又引出后文大家的表现。

动作和细节描写

动作描写和细节描写，凸显陪审员的虚荣。

他们走回座位的步伐没有停顿，而且是很迅速的，行进中不乏庄重的表情，这种代表公正、守法和威严的行进无疑使这些参与者感到高兴和满足，在他们的意识中更明确地感到他们在从事一项庄严而重要的社会事业。甚至聂赫留朵夫也有此感觉。

陪审员们刚一坐定，审判长就向他们宣布他们的权利、义务和责任。

## 精简点评

本节主要讲述了受审人员进入审判庭、审判由司法程序展开两件事情。在受审人员进入审判庭时，我们得知与此案有关的受审人数、性别、举止、肖像特征等。作者详细描写了玛丝洛娃的出场情景，通过描写法庭上所有男人的神态来衬托玛丝洛娃的美丽。

## 佳词美句

出鞘　颤动　镇定　小心翼翼　晶莹透亮　楚楚动人

审判长耐心地等待着，直到被告们一一就座，特别是玛丝洛娃坐好后，他才又向书记官下指示。

## 阅读思考

1. 通常的司法程序是什么？
2. 陪审员们是怎样选举首席陪审员的？

# 七

审判长宣讲完后，就转身向着被告们，询问起他们的名字、身份、年龄等相关信息。第一名被告是男囚犯西蒙·卡尔津金，第二名是女囚犯叶甫菲米雅·伊万诺娃·包奇科娃，他们都是“毛里塔尼亚”旅馆里的服务员。

好色的审判长特别和蔼地面向第三个被告说：

“您的名字？”

“您应当站起来。”他发现玛丝洛娃还坐着，就亲昵地说。

玛丝洛娃马上站了起来，露出准备接受任何审问的神情，挺起自己的高胸脯，没有回答问话，却用她那微带笑意的有点斜视的黑眼睛直勾勾地盯着审判长的脸。

“怎样称呼您？”

“柳博芙。”她迅速地说道。

这时候，聂赫留朵夫戴上夹鼻眼镜，当被告过堂受审时，仔细打量每一名被告。“这不可能是她，”他想着，但并没有将视线从这名女被告的脸上落下来，“但是怎么也叫柳博芙呢？”他想着，倾听着她的回答。

审判长打算继续往下问，但是一个戴眼镜的法官，有点气愤地向他嘀咕了几句，阻止他往下问。审判长点头表示同意，便向被告说：

“为什么是柳博芙呢？”他说，“您签字时用的是另一个名字。”

被告沉默无言。

“我问您，您的真实名字是什么？”

“受洗时用什么名字？”那个激愤的法官问道。

语言描写

“和蔼”“亲昵”等词都凸显了审判长的好色本性。

阅读笔记

“从前人们称我为叶卡捷琳娜。”

“这不可能是她，”聂赫留朵夫心中继续自言自语，同时他已经毫不怀疑地认定这就是她，就是那个既是中学生又是女仆的姑娘，他曾一度爱上了她，而就是这种该死的爱情，后来酿成了极不理智的恶果，他诱奸了她后，又抛弃了她，始乱终弃，后来他再也不愿回忆起这段往事，因为这段回忆太令他痛苦，也太明显地戳破他的君子的面纱，露出他的小人的本性。他一向认为自己是正派人，可他对待这个女子的往事表明他不是正派人，而且十分卑鄙。

语言描写

表现了审判长的好色。

审判长重新特别温存地说道：“您的父名？”

“我是非婚生的。”玛丝洛娃说道。

“根据您的教父的名字，您仍然有父名，是怎样的呢？”

“米哈伊洛娃。”

名师解读

在审判长审问的过程中插入聂赫留朵夫的心理活动，不但不冲突，反而吸引着读者的注意力。

“可她也会做出什么犯法的事来吗？”这时候聂赫留朵夫继续想着，费力地嘘了一口气。

“您的姓，大家叫习惯的姓，是什么呢？”

“按我母亲的姓，登记时写的是玛丝洛娃。”

“您的身份？”

“市民。”

“信仰东正教吗？”

“信东正教。”

“您的职业？干什么工作？”

玛丝洛娃沉默不语。

“您从事什么工作？”审判长重复问道。

“我在一家商店里服务。”她说道。

“什么样的商店？”戴眼镜的法官严厉地问道。

“您自己知道是怎样的商店。”玛丝洛娃说。她笑了笑，随即迅速环视了一下四周，又直勾勾地盯着审判长的脸。

在这张脸上的表情中，有某种非同寻常的成分，并且，在她说出的字句的含义中，在这种笑容中，以及落到这个厅堂里的她向四下里扫视的迅疾的目光中，有一种可怕的酸楚的令人怜悯的成分，以致连审判长也垂下了眼睛，在审判庭里有一片刻异常寂静。这种难得的寂静被听众中谁的笑声打破了。有人发出嘘声，要求保持严肃。审判长抬起头来，继续审问：

"以往没有受过审判和侦讯吗？"

"没有。"

"起诉书的副本收到了吗？"

"收到了。"

"请坐下。"审判长说。

她从后面端起自己的裙子，这种动作很像那些盛装华服的妇人将后拖裙弄端正，她坐下后，将长袍衣袖里的不大的白色的手交叉放着，没有将视线从审判长的脸上落下。

然后审判长便开始给证人点名，紧接着书记官起身开始宣读起诉书。

起诉书大致如下：

"188×年1月17日，一名客人突然死于'毛里塔尼亚'旅馆，死者是库尔冈（西伯利亚一城市名）的二等商人费拉篷特·叶梅利亚诺维奇·斯梅里科夫。经查明，本案系卡尔津金伙同包奇科娃和玛丝洛娃所为，犯罪意图为谋财害命。"

当起诉书宣读完毕后，审判长们决定分别进行审问。但是均未得到他们的认罪。

随即审判长宣布庭审中断十分钟。

阅读笔记

名师解读

为读者简要交代了案情，使读者更清楚案件的脉络。

跟随着法官们起身离座的还有陪审员、辩护律师等。

聂赫留朵夫进入陪审员室，在靠窗的一个地方坐下沉思。

## 精简点评

本节主要描述了审判的过程，着重介绍了玛丝洛娃的审判情景。审判长对审判的敷衍、不专心呈现在读者面前，法官、审判长、书记官的言行举止无不都透露着一种轻浮、随意的态度，整个审判过程似乎就是几个法庭工作人员在走过场，法庭的威严早就消失不见了。

## 佳词美句

和蔼　亲昵　嘀咕　自言自语

玛丝洛娃马上站了起来，露出准备接受任何审问的神情，挺起自己的高胸脯，没有回答问话，却用她那微带笑意的有点斜视的黑眼睛直勾勾地盯着审判长的脸。

她从后面端起自己的裙子，这种动作很像那些盛装华服的妇人将后拖裙弄端正，她坐下后，将长袍衣袖里的不大的白色的手交叉放着，没有将视线从审判长的脸上落下。

## 阅读思考

1. 审判长审问玛丝洛娃时有什么样的表现？
2. 看到玛丝洛娃时，聂赫留朵夫有何反应？

# 八

对，她就是卡秋莎。

聂赫留朵夫和卡秋莎的关系史是这样的。

聂赫留朵夫初次遇见卡秋莎是他上大学三年级，为了写好一篇关于土地所有制的论文，而在自己的姑妈们家中度夏的时候。往年的暑期，他是在母亲的庄园里和母亲、姐妹在一起度过的。但是那一年他的姐妹出嫁了，而母亲也坐船出国去了。聂赫留朵夫必须找个好去处潜下心来写论文，于是他决定到姑妈们那儿去度夏。她们那儿的园林深处一片静寂，远离乱人心思的世俗娱乐。而姑妈们也十分疼爱她们的侄儿和财产的继承人，当然他也敬爱她们，敬重她们古朴的生活方式。

细节描写

交代了聂赫留朵夫认识卡秋莎时的年纪、起因和地点。

在姑母们家中度过的这个夏天中，聂赫留朵夫看到自我完善的无限可能性，也看到全世界变得完美的无限可能，他将献身于这种使自身和世界完美化的工作，这不仅仅是希望，他此时此刻有充分的信心达成他完美的理想。

人物描写

此处介绍了青年时期的聂赫留朵夫的思想、意识、信仰，可见那时他能够独立思考，且非常有理想。

他在姑妈家中的第一个月，根本没有注意到那个半中学生、半女仆的黑眼睛的，总是快步如飞的卡秋莎。

当时，在母亲呵护下成长的聂赫留朵夫年方十九，是个天真烂漫的青年。按他的理解，所有的将来不能成为他妻子的女人对他来说就不是女人，而是中性的人。但这个夏天，他情窦初开。那是耶稣升天节（复活节后的第四十天），姑母的田庄里来了一群客人，为首的是相邻田庄的女主人，她带着几个孩子：两个是小姐；一个男孩是体操运动员；还有一位出身庄稼汉的年轻的艺术家，此人原在相邻田庄做客，现在跟随一起来拜访。年轻人多了，就可玩乐了。大家一起做捉人游戏，卡秋莎也受邀参加。几轮换人之后，轮到聂赫留朵夫和卡秋莎配对一起跑。

动作描写

卡秋莎一亮相，就使人感到充满青春活力。

三声拍掌，游戏开始。卡秋莎领着聂赫留朵夫迅速变换位置，用她的结实而粗糙的小手握住他的大手，鼓劲朝左方跑，弄得身上的浆硬了的裙子瑟瑟作响。

聂赫留朵夫奔跑得飞快，他不想让担任“捉人者”的艺术家捉到，便鼓足全身之力飞奔。他回头一看，只见艺术家正在追逐卡秋莎，但她用一双矫捷、年轻的脚灵巧地有节奏地跑动，使对方捉不到，又一口气朝左方跑去。她前面是一个长着一丛丛丁香花的花坛，谁也没有跑到那花坛后面去过，但卡秋莎回头看聂赫留朵夫，用点头的动作向他示意，邀他到花坛后面会合。

比喻

将卡秋莎的眼睛比作黑穗醋栗，生动形象地展现了卡秋莎的精神面貌。

卡秋莎容光焕发，一双好像黑穗醋栗的黑眼睛笑盈盈的，飞快迎着他跑。他俩会合在一起，一齐用手揪着对方。

“我想你的手大概刺伤了。”她说着，用一只空着的手扶正落下的发辫，沉重地呼吸着，笑着，自下而上直盯着他。

“我不知道那儿有一条沟。”他说着，不放开她的手。

她的身子朝他靠拢，他竟将脸伸向她；她并不回避，他紧紧抓住她的手，亲吻她的嘴唇。

“只允许你一次！”她说着，挣开了手，然后跑着离开了他。

她跑到丁香花丛下，从那上面摘了两枝白色的已经凋谢的丁香花，用花枝拍打着自己燥热的脸庞，又回头看他，大胆地将一双手在自己前面来回摆动，走回游戏的人群中去了。

从这个时候起，聂赫留朵夫和卡秋莎之间的关系改变了，他们之间形成了一种特殊的心心相印的关系，这种关系在彼此爱慕的纯真的男士和同样纯真的姑娘之间常常会发生。

卡秋莎在宅院里有很多事情要做，但她手脚麻利地将事情全部做好，有空就读书。聂赫留朵夫将他刚读过的陀思妥耶夫斯基和屠格涅夫的小说给她读。她最爱读的是屠格涅夫的《寂静》。他俩若是遇见了也交谈几句，这常常是在走廊上、阳台上，或在院子里，有时是在姑妈们的老仆妇马特廖娜·巴甫洛芙娜的房间里，卡秋莎和老仆妇同住一个套间。这种当着马特廖娜·巴甫洛芙娜的交谈是挺欢欣愉悦的。当只有他们两人在屋里的时候，这种谈话的结果反而相当不佳。他们四目相对，眼睛开始交流一些另外的意思，说出好多比用嘴说更加重要的东西，他们的嘴唇扭歪了，于是他们急忙分开了。

名师解读

独自相处时，因为对彼此有好感，所以二人显得更加羞涩。

那个夏天，聂赫留朵夫和卡秋莎之间的这种关系一直保持着。姑妈们也看出他们之间关系不寻常，感到恐慌，甚至将这种情形写信告知聂赫留朵夫的母亲、在国外的女公爵叶连娜·伊万诺芙娜，姑妈玛丽亚·伊万诺芙娜生怕他们发生更进一步的关系。但是她这种害怕是多余的：聂赫留朵夫不知道自己爱上了卡秋莎，这种爱是纯真的男女之间的爱，他的爱是无论对他或是对她来说，都是避免堕落的主要的屏障。

阅读笔记

他深信，他对卡秋莎的感情只是当时充溢他全部身心的生命的欢乐感的一种表现，他应该和这个美好的欢乐的小姑娘分享这种感情。当他坐车离开当地时，卡秋莎和姑妈们站在台阶上送他，她用充满泪水的，有点斜视的黑眼睛向他道别，然而，他感到这下子是抛弃了某种美丽的、宝贵的、再也不能复制的东西，他感到十分忧郁。

名师解读

情窦初开的两个人都不舍得离别，聂赫留朵夫没想到和卡秋莎分别后，自己的人生将会发生重大的变化。

“别了，卡秋莎，为了一切衷心感激您。”他坐在四轮马车上，经过索菲亚·伊万诺芙娜头上的软帽看着她说道。

“别了，德米特里·伊万诺维奇。”她用自己愉悦的、柔和的声音说道，强忍住夺眶而出的泪水，跑到过道屋里去了，只有在那儿才能大哭一场。

## 精简点评

本节主要介绍了青年时期的聂赫留朵夫和卡秋莎的认识过程。从本节中，我们可以感受到两个情窦初开的青年之间纯真的爱，那是一种美好而珍贵的感情。二人离别的情景更是催人泪下，自此一别，不知道两人的命运会如何，两人又会有什么样的交集。这些都吊足了读者的胃口，使读者对接下来的情节产生了极大的兴趣。

## 佳词美句

静寂　纯粹　天真烂漫　情窦初开　瑟瑟作响　矫捷　容光焕发

聂赫留朵夫必须找个好去处潜下心来写论文，于是他决定到姑妈们那儿去度夏。她们那儿的园林深处一片静寂，远离乱人心思的世俗娱乐。

当时，在母亲呵护下培养教育成的聂赫留朵夫年方十九，纯粹是个天真烂漫的青年。他想象中的妇女仅仅是作为妻子的妇女。

卡秋莎容光焕发，一双好像黑穗醋栗的黑眼睛笑盈盈的，飞快迎着他跑。

## 阅读思考

1. 聂赫留朵夫为什么到姑妈们家度夏？
2. 聂赫留朵夫如何度过乡村里的生活？
3. 什么使聂赫留朵夫情窦初开？

# 九

从那时起连续三年聂赫留朵夫没有见过卡秋莎。他再次见到卡秋莎是在他晋升为军官，前往军队服役的路上顺便来探望姑母们的时候。

当年，他是一个纯真忘我的青年，心怀为一切真善美的事业献身的志向，可现在呢，他已成了个堕落为恶毒的利己主义者，所爱所想的仅仅是享受。当年女人在他心中是神秘而美好的，可现在呢，女人的意义、任何女人的意义（自己家里的女人和朋友的妻子除外）都已十分明确了：女人是体验享乐的工具。

当年，他认为自己的真正的“我”是自己在精神上的存在，可现在呢，他认为代表自己的是自己的健康的精力充沛的具有动物本能的“我”。

而这一切奇怪的转变之所以能够在他身上完成，仅仅是因为他不再相信自己，而开始相信其他人。他之所以不再相信自己，而开始相信其他人，仅仅是因为如果相信自己则活得太辛苦；如果相信自己，解决任何问题都应当不利于自己的动物性的“我”，而几乎违背这个动物的我，因为动物的我只追求轻松的快乐享受；相信其他人，就没有什么问题需要解决了，因为人家已经把一切问题都解决好了，而这种解决方式都是违背精神的我，有利于动物性的“我”的。除此之外，相信自己，他总是遭到旁人的指责，相信其他人，他得到周围人的赞扬。

这种转变是他迁居彼得堡之后开始的，而在军队服役后得到完成。

军队服役总是使人们堕落，一进入其中就完全处于游手

阅读笔记

对比

从聂赫留朵夫对自己的认识来看，虽然他精力充沛，但精神空虚。

好闲的环境中，也就是说，缺乏有理性的造福社会的劳动，免除了一般人的义务，代之出现的是团队、军服、军旗的虚设的荣誉。从一方面来说，是对其他人的无限的权力；从另一方面来说，是对级别高于自己的长官的奴隶般的服从。

议论

揭开了军营生活的堕落本质。

伴随军营生活而来的是对自己身上的军服和自己队伍的军旗的荣誉感和准许自己行使暴力和杀戮，这是一种普遍的堕落，这样的堕落发生在上等的近卫军团中，只有富有和高贵的军官才能在这样的军团服役；这几种堕落同时产生作用，堕落就将沉沦其中的人带到彻底的利己主义的疯狂状态中。

叙述

罗列出军务细则，反映出军人游手好闲、荒唐的生活作风。

军务不外乎下面这些：穿上刺绣得很精美的、被他人洗净的军服，戴上盔形帽，佩上也是由他人造好、擦干净后送来的武器，骑上也是由他人饲养、训练和喂饱的骏马和同伍一起去操练，或参加检阅，在马上驰骋，越过障碍，挥舞军刀，射击，将这些军事知识教会其他人。在这些军务之后，人们认为好的和重要的是挥霍掉不知从哪儿弄来的钱财，聚在军人俱乐部或豪华的餐馆里吃喝，特别是喝酒，然后是上剧院、跳舞、玩乐，然后重新骑着骏马，挥舞军刀，在马上驰骋，又重新挥霍钱财、喝酒、打牌、玩乐。

这样的生活特别对军人有腐蚀作用，原因在于，如果某个非军人过这样的生活，他的内心深处不能不因为生活如此荒唐而感到羞耻。可军人们认为这样过是理所当然的，他们拿这种生活来吹嘘，以此为骄傲。在战争时期，更是如此。聂赫留朵夫的情况就是这样，他是在对土耳其宣战后参军的。“我们准备在战争中牺牲生命，所以这种无忧无虑、欢乐的生活不仅仅是情有可原的，而且对我们来说是必需的。我们就要这样过。”

名师解读

聂赫留朵夫因解脱了道德束缚而感到快乐，变成了一个利己主义者，而他只是众多没有道德规范的人中的一个，可见当时社会的病态风气。

聂赫留朵夫在自己生活的这一时期就是这样糊涂思考的；在这个时期，他感到一种挣脱了道德束缚的快乐，原先他是为自己设置了道德规范的，但这个时期他处于慢性病一般的利己主义的疯狂状态中。

当三年后他顺便来看望姑妈们时，他正处于这种状况。

作者清晰地写出了发生在聂赫留朵夫身上的一系列奇怪的转变。三年前和三年后的聂赫留朵夫已经不是同一个人了，他的思想、行为、所追求和向往的东西等都发生了改变，而这些改变都是因为他不再相信自己的判断，转而相信被其他人营造的。作者通过列举事实来指出聂赫留朵夫相信自己和相信其他人时，身边的人对他的看法，从而使读者站在聂赫留朵夫的角度去感受他当时的心境，让读者更了解聂赫留朵夫的所想。

## 佳词美句

游手好闲　沉沦　挥霍　腐蚀　理所当然　吹嘘　无忧无虑　情有可原

当年，他是一个纯真忘我的青年，心怀为任何真善美的事业献身的志向，可现在呢，他已成了个堕落的恶毒的利己主义者，所爱所想的仅仅是享受。

而这一切奇怪的转变之所以能够在他身上完成，仅仅是因为他不再相信自己，而开始相信其他人。

## 阅读思考

1. 当时的聂赫留朵夫和现在的聂赫留朵夫有什么不同？
2. 聂赫留朵夫为什么陷入了彻底的利己主义的疯狂状态中？

# 十

聂赫留朵夫顺路去看姑妈，因为她们的庄园位于他前往军队的道路的旁边，还因为姑妈们非常盼望他去，但主要的，他这时候去是为了和阔别已久的卡秋莎见面。

从女仆居住的地方到正门庭阶，再到前厅的空间变化，表现了聂赫留朵夫渴望见到卡秋莎的急切心情，同时也揭示了底层人民的日常状态。

他在三月底的一个热情的星期五，冒着倾盆大雨，沿着泥泞道路坐车到达，因此到达时他全身湿透，感到发冷，但他仍然显得勇猛而激昂，他每每觉得自己在这种时候应当如此。“她还在她们这儿吗？”当他坐车进入熟悉的、四处堆满从屋顶上落下来的雪的、姑妈们的砖墙围绕的旧式地主庄园时，他想道。在正门庭阶上不见她的影子，走出来的仅仅是系着围裙的仆人吉洪。在前厅里，迎着他走出来的是穿着丝绸衣服、头戴包发帽的索菲亚·伊万诺芙娜。

“你看多好，你来了！”索菲亚·伊万诺芙娜说着，一面吻他，“玛申卡有点不舒服，在教堂里累坏了。我们举行圣餐礼来着。”

“索菲亚姑妈，我祝贺您领了圣餐，”聂赫留朵夫说，吻着索菲亚·伊万诺芙娜的手，“请您原谅，我把您弄湿了。”

“快到你的房间里去吧。你全身都湿透了。原来你已经有上髭了……卡秋莎！卡秋莎！赶快给他准备一杯咖啡。”

聂赫留朵夫的心欢乐地收紧了。“她就在这儿！”他心中愁云顿扫，仿佛又见到了阳光。聂赫留朵夫高高兴兴地跟着吉洪走到他以前住过的房间里去换衣服。

聂赫留朵夫脱下所有的湿衣服，刚刚穿上干净衣服，就听见匆忙的脚步声，有人来敲门了。聂赫留朵夫从脚步声和敲门声听出了来人是谁。这样走路和敲门的，只有她。

他拿起淋湿的军大衣，披在自己身上，往门口走去。

“请进！”

这是她，卡秋莎，她的相貌长得比以前更可爱了。

“祝您平安到达此地，德米特里·伊万诺维奇！”她好不容易才说出这句话，脸上闪现出玫瑰色的红晕。

“你好……您好，”他说，不知道对她讲话该称呼“你”还是称呼“您”，也像她一样脸红了，“您身体好吗？”

“托上帝的福。……这是您的姑妈叫我给您送来的玫瑰香皂，是您爱用的。”她说着把香皂放在桌上，把毛巾搭在一把圈椅的扶手上。

“他有自己的盥洗用品。”吉洪为了维护客人的独立气派，得意地指着聂赫留朵夫的一只打开的露出许多银瓶盖的大的化妆用品箱说道。箱子里有大量的有颈的小玻璃瓶、刷子、发蜡、香水，各种化妆用品，一应俱全。

“我向姑妈表示感谢。我来到这里是多么高兴。”聂赫留朵夫说道。他感到自己的心境变得明快、温顺，和以前在这里时一样。

她仅仅微笑了一下，就走出去了。

聂赫留朵夫原来打算只在姑妈家里待一个晚上，但是看见卡秋莎后，他改变了主意，他同意在姑妈们家里过复活节，两天后就要过节了。他发电报给自己的朋友和同伍申博克，他俩本应一起去敖德萨的，现在他约他顺路来姑妈家相会。

从看见卡秋莎的第一天起，聂赫留朵夫就感到了旧时那种对她的爱慕。和当年一样，他现在看到了她的白围裙不能不感到激动，听到她的脚步声、说话声和银铃般的笑声不能不欢喜，瞧着她那像湿润的醋栗那么黑的眼睛，特别是在她微笑的时候，就不能不动心，主要是他们忽然遇见的时候，她一下子就脸红了，此时他真感到心旌摇荡，六神无主。他感到自己爱

阅读笔记

**细节描写**

通过描写吉洪的话语、神态和化妆用品箱里的各种化妆品等，反映出聂赫留朵夫的精神状态，暗示他与此地格格不入。

上了她，但已不是当年那种初恋了。三年前，这种爱情对他来说是个谜，对于自己是否真的在恋爱，他自己也没有把握，当年他深信人一生中爱情只能有一次，爱上了谁就应当海枯石烂不变心。可现在呢，他也在堕入情网，他自己清楚地知道这一点，而且为此高兴，他已是个久经情场的老手，知道爱情就是寻欢作乐，即使昧着自己的良心。他模模糊糊地知道，现在的爱是怎么一回事，由这种爱很可能做出越轨的事来。

**名师解读**

这里指出了聂赫留朵夫具有双重人格的本质，并对他所具有的双重人格的特点进行了分析和解释，目的是揭示更多动物性的、疯狂自私的人。

在聂赫留朵夫身上，有着双重人格，也就是有两个人。一是精神上的人：他给自己寻求福利，但仅仅寻求与他人共赢的福利；一是动物性的人，他仅仅给自己寻求福利，为了获取这种福利，他准备牺牲全世界所有人的福利。

**名师解读**

三个“他知道”强调了聂赫留朵夫无须继续在姑妈家逗留，也暗示了继续逗留将会引导出不好的结果，为后面的故事情节埋下伏笔。

在他明智的内心深处，他知道他应当坐车走，他知道眼下实在用不着在他姑母家多做逗留，他知道这样逗留无论如何不会引导出好的结果，但是他当时已经高兴得入迷了，结果他没有用良心深处的这些话让自己警醒，却继续住下来了。

星期六的晚上，也就是基督的复活照亮天下的前夜，一名东正教司祭带着一名助祭和一名执事（东正教教会最低的工作人员，做诵经、打钟等工作），来到这儿举行晨祷，据他们说，他们乘着雪橇经过水塘和干地，费了九牛二虎之力，才走完从教堂到姑妈家的三俄里的路程。

聂赫留朵夫和姑妈们以及仆人们站在一起做晨祷，他心不在焉，眼睛只盯着卡秋莎，她站在门口，送来了手提香炉。他按照复活节的规矩同司祭、姑妈们互相吻过三次后，正要走去睡觉，却忽然听到玛丽亚·伊万诺芙娜姑妈的老女仆马特廖娜·巴甫洛芙娜和卡秋莎正在做前往教堂的准备，为了给复活节的甜面包和甜奶渣受净化礼。“我也去。”他暗想。

“正要”“却忽然”“暗想”都抓住了读者的心，使读者身临其境，从而产生强烈的共鸣。

到教堂去的路，不论是坐雪橇还是坐马车，都不好走。他在姑妈们家中，和在自己家里一样，可以随意使唤仆人，因此，他吩咐人把那匹供乘骑的名叫“老兄”的马备好了鞍子，他自己不再上床睡觉，却换上华丽的军服和紧身的马裤，外面还加上军大衣。那匹老公马养得很肥，身体笨重，不住地嘶叫着。他翻身上了马，摸着黑路穿过水塘和积雪到教堂去了。

本节主要讲述了三年后聂赫留朵夫再见到卡秋莎的心情。为了再见到卡秋莎，聂赫留朵夫在前往军队时在姑妈家留宿一天，再次见到卡秋莎后，他又借助过复活节的缘故继续在姑妈家逗留。他明知继续逗留毫无意义，但卡秋莎带给他的愉悦促使他留下来了。此时的他，是一个拥有双重人格的人：一个是精神上的人，一个是动物性的人。可悲的是，动物性的人格占据了上风。以前的他坚信爱情，以为爱上了谁就应该海枯石烂不变心，而现在的他认为爱情就是寻欢作乐。

## 佳词美句

爱慕　嘶叫　一应俱全　高高兴兴　心旌摇荡　六神无主

他在三月底的一个热情的星期五，冒着倾盆大雨，沿着泥泞路坐车到达，因此到达时他全身湿透，感到发冷，但他仍然显得勇猛而激昂，他每每觉得自己在这种时候应当如此。

聂赫留朵夫的心欢乐地收紧了。“她就在这儿！”他心中愁云顿扫，仿佛又见到了阳光。

1. 什么是动物性的人？什么是精神上的人？

2. 聂赫留朵夫明智的内心深处是怎么想的？

**引出下文**

“最鲜明”“最深刻”两个词语深深地抓住了读者的好奇心，激发了读者的阅读兴趣。

此后，这次晨祷在聂赫留朵夫的一生中留下最鲜明、最深刻的回忆。当时他是处在一片漆黑当中，只有个别地方显现白色的雪照亮暗处。他乘马在水里走，马蹄拍水作响，他进入教堂的院子时，教堂周围眼光所及之处的油灯碟子燃着火光，胯下的公马因而警觉地侧竖起耳朵。礼拜已经开始了。

有些农民认得他是玛丽亚·伊万诺芙娜的侄子，就把他领到一块干燥的地方下马，带他走进教堂里去。

一切都充满了节日气氛：庄严、欢畅、华美。司祭们都穿着绘有许多金十字架的浅色发亮的银丝线的法衣。另外还有一名助祭和几名执事，都穿着带有宽大的衣袖的辅祭人员的节日长法衣，法衣都由银丝线和金丝线织成。打扮得很漂亮的志愿者歌手的头发上都擦了油，既有欢乐的符合舞蹈节奏的节日歌曲的曲调，又有司祭们举着插了三支蜡烛、装饰着花朵的烛架，不停地为人们祝福，不住反复叫道：“基督复活了！基督复活了！”一切都很美，最美丽的却是穿着白色连衣裙、系着浅蓝色腰带、黑头发上扎着红花结、眼睛快活得发亮的卡秋莎。

运用衬托的修辞手法，表现了卡秋莎的美丽。

聂赫留朵夫感到她虽然没回过头来，却看见他了。这是他往祭坛那边走过去，经过她身边的时候，看出来的。他本来没有什么话要对她说，不过他想一想，在走过她身边的时候说：

“姑妈说，她做完较晚的日祷后就开斋了。”

如同平时她见到他一样，她年青的热血涌上了她那张可爱的脸，一双黑眼睛笑着，充满欢乐，目光纯真地从下往上看，落在聂赫留朵夫身上。

“我知道。”她微笑着说。

这时候，一个教堂执事拿着装圣水的铜咖啡壶，从人群里挤过来，走过卡秋莎身边，眼睛没有注意到她，他祭服的衣襟却擦着她了。这个执事分明出于对聂赫留朵夫的尊敬，要从他旁边绕过去，才擦到了卡秋莎。聂赫留朵夫却暗自觉得奇怪：他，这个教堂执事，怎么这样麻木，竟不明白这儿的一切东西，以至全世界的一切东西，都是众星捧月一样围绕着美女卡秋莎转动的，为了她，黄金色的圣像壁才光彩夺目；为了她，圣像前的那大枝形灯架和那些烛台上的所有的蜡烛才熊熊燃烧；为了她，这些欢乐的曲调才发声：“主的复活节又来了，欢乐吧，人们。”世界上的一切东西，只要是好的、良善的、美的，都是为了她而存在的。

在较早的日祷和较晚的日祷中间的那段时间里，聂赫留朵夫走出教堂，人们都给他让路，对他鞠躬。有的人认得他，有的人却问：“这是谁家的少爷？”

天已经亮了，人们三五成群，在教堂周围的墓园里散步或坐着。卡秋莎还在教堂里没有出来，聂赫留朵夫停下来等她。

过了一会儿，马特廖娜·巴甫洛芙娜的白色连衣裙和那个黑头发上扎着花结的，可爱的头便出现了。

她立刻从走过她面前的人们的头顶上望过来，瞧见了他。他们从教堂门前的台阶上走下来，他走得挨她更近些。

**神态描写**

突出展现了卡秋莎见到聂赫留朵夫时的欢快。

**细节描写**

执事的衣襟不小心擦到卡秋莎，这本就是一个微不足道的细节，而且做出了合情合理的解释，这不仅让人产生好奇：作者为什么要指出这个细节？

阅读笔记

“基督复活了。”马特廖娜·巴甫洛芙娜说。她低头致意，微笑着。她的口气似乎在说，“今天我们大家都平等了”。她把手绢揉成一小团，擦干净自己的嘴唇，把嘴唇送到他跟前去。

名师解读

马特廖娜·巴甫洛芙娜的语气流露了她对平等的期待，而她用手绢擦嘴的细节，是她对现实的妥协。

“真的复活了。”聂赫留朵夫回答说，吻她。

聂赫留朵夫转过头来，看卡秋莎。她因激动而突然脸红了，在这个时刻，她走着向他靠拢。

“基督复活了，德米特里·伊万诺维奇。”

“真的复活了”。他说，随后与她深情地亲吻了两次。

在男人和女人的恋爱中，常常有一个爱情达到了顶点的时刻，这时的爱情中没有任何有意识的、理性的成分，也没有任何肉欲的成分。对聂赫留朵夫来说，基督的复活照亮天下的这个夜晚正是这样的时刻。

名师解读

任何事情的顶峰时刻就只有一个，聂赫留朵夫和卡秋莎的爱情也一样，一旦达到顶峰，就必然会往下坠，这是在暗示两人美好的爱情即将结束，也为卡秋莎不断下坠的人生埋下了伏笔。

后来他每次回忆起卡秋莎，便自然会记起他和卡秋莎会面的各种各样的场合，可是这个顶峰时刻的情景总是盖过其他任何时候。那黑油油的平滑的发亮的小脑袋，那白色的带褶皱的连衣裙，裙服包裹着她那匀称挺秀的身躯，还有这绯红的面色，还有那双由于彻夜未眠而稍稍歪斜的温柔的水灵灵的黑眼睛。

他明白她心里有这份爱情，而且意识到他和她在那样的爱情里合而为一了。要是一切都停留在那天夜里发生的那种感情上，那多么好啊！“是的，整个那件可怕的事被干出来，已经是在基督的复活照亮天下的这个夜晚之后了！”现在他坐在陪审员室里的窗子旁边，暗自想着。

## 精简点评

本节主要讲述了在复活节那晚，聂赫留朵夫在教堂的所见、所感、所想。在这个过程中，他和卡秋莎的爱情达到了顶峰。作者用聂赫留朵夫的眼睛，让读者看到了一个阶级分明的教堂祷告场景。此外，作者还让读者认识了一个纯洁、善良、美丽、质朴的卡秋莎。那时她心中没有阶级之分，平等看待世间的一切人和事。本节多处对底层人民的细节、神态、动作、语言等进行了描写，突出赞美了他们的质朴、善良，也揭示了他们艰难的生活及对现实的妥协。

## 佳词美句

警觉　众星捧月　光彩夺目　熊熊燃烧　三五成群

一切都很美，最美丽的却是穿着白色连衣裙、系着浅蓝色腰带、黑头发上扎着红花结、眼睛快活得发亮的卡秋莎。

如同平时她见到他一样，她的年青的热血涌上了她整个那张可爱的脸，一双黑眼睛笑着，充满欢乐，目光纯真地从下往上看，落在聂赫留朵夫身上。

为了她，黄金色的圣像壁才光彩夺目；为了她，圣像前的那大枝形灯架和那些烛台上的所有的蜡烛才熊熊燃烧；为了她，这些欢乐的曲调才发声："主的复活节又来了，欢乐吧，人们。"世界上的一切东西，只要是好的、良善的、美的，都是为了她而存在的。

## 阅读思考

1. 用自己的话概括本节的主要内容。
2. 对聂赫留朵夫来说，基督的复活意味着什么？

# 十二

叙述

敲门声、惊醒、坐起来、揉眼睛、伸懒腰等一连串的动作一气呵成，极其连贯，给人一种既自然又不符合聂赫留朵夫身份的感觉。

神态描写

流露出卡秋莎对聂赫留朵夫真挚的情感。

聂赫留朵夫从教堂回到家里以后，跟他的姑妈们一块儿开斋，并且按照在军队里养成的习惯，为了提一提神而喝了白酒和葡萄酒，然后回到他自己的房间里，连衣服也没有脱，立时就睡熟了。一阵敲门声把他惊醒。他从敲门声中听出是她来了，就坐起来，揉一揉眼睛，伸了个懒腰。

“卡秋莎，是你吗？进来吧。”他下了床说。

她把房门略微推开一点。

“请您去吃饭。”她说。

她仍旧穿着那件白色连衣裙，但是头发上的花结取下了。她看一下他的眼睛，喜笑颜开，倒好像她是来对他报告一个不同寻常的喜讯似的。

“我马上就去。”他回答说，拿起梳子，想梳一下头发。

她站在那儿停留了片刻。他发觉了这一点，就丢下梳子，往她那边走过去。“我这个人真傻，”聂赫留朵夫对自己说，“我为什么不把她拉住呢？”

他就跑着在走廊上追她。

“卡秋莎，请你留步。”他说。

她回过头来看他。

“您有什么事？”她暂时停下来，说。

“没什么，我只想……”

他振作起精神，鼓起勇气，记起了在这种场合下，所有男子通常会有什么举动，就伸出胳膊去搂住卡秋莎的腰。

她站住没动，瞧着他的眼睛。

“别这样，德米特里·伊万诺维奇。”她说着，几乎要哭了，同时她用她粗糙有力的手推开他那只搂住她的胳膊。

聂赫留朵夫放开了她，有一刹那，他良心发现，不但感到别扭、害臊，而且觉得自己可恶。这时，他本应当相信他自己的良心才对，可他并不认为这种别扭和羞臊是他灵魂里表现出来的最善良的感情。因此，这一刹那过去以后，他反而认为放开她的举动说明他笨，他应该按照大家所做的那样去做。

他就再一次追上她，又搂住她，吻她的脖子。这一吻完全不同于前两次的吻，这一吻是粗鲁而可怕的，不怀好意。

"您这是干什么呀？"她叫起来，像他打碎一件无限珍贵的东西，无法挽回了似的。她躲开他，跑掉了。

**名师解读**

这个比喻看似在突出卡秋莎的声调，实际上暗示了卡秋莎和聂赫留朵夫之间纯洁而美好的爱情的破碎，也是卡秋莎当下生活的破碎，为下文的故事情节埋下伏笔。

他走进饭厅里，吃过饭后，他立刻回到他自己的房间里，等着她的脚步声。今天早晨在教堂里的时候还在他身上活着的那个"精神"的人踩在了脚下，那个可怕的"兽性"的人如今独自霸占了他的灵魂。尽管他不住地跟踪她，可是那一整天他都没有能够找到机会跟她单独见面。多半她在躲他。不过到了傍晚，事有凑巧，她不得不到他住着的房间的隔壁房间里去。因为医师留在这儿过夜了，卡秋莎得为这个客人布置床铺。聂赫留朵夫听见她的脚步声，就放轻脚步，屏住呼吸，仿佛打算干什么犯罪的事似的，跟着她走进那个房间里去。

她已经把她的两只胳膊伸进一个清洁的枕头套里，用手揪住枕头的两个角，这时候回过头来看他一眼，微微一笑，然而这不是以前那种欢畅快乐的笑容，却是惊恐的、央求的笑容。这个笑容仿佛在对他说：他要做的事是恶劣的。他对她的纯真的爱情的声音，虽然微弱，可是毕竟响起来了，正在对他述说"她"，述说"她的"感情，述说"她的"生活。然而，另外一个声音在说：注意，你要错过"你自己的"享乐，"你自己的"幸福了。这第二个声音盖过了第一个声音。于是，他毅然决然，壮起色胆，走到她跟前去。可怕的和无法抑制的

**对比**

两个声音在述说不同的内容：一个是纯真的爱情，一个是贪图眼前的享乐。两者形成了鲜明的对比，代表了截然不同的人性。

兽性感情已经把他抓住了。

聂赫留朵夫搂住她不放手，硬要她在床上坐下。

“德米特里·伊万诺维奇，好人，劳驾，放开手吧。”她用哀求的声调说。“马特廖娜·巴甫洛芙娜来了！”她叫道，挣脱了身子。果然有一个什么人往门口这边走过来。

“我晚上去找你。”聂赫留朵夫说。

“您在说什么呀？万万使不得！您别这样。”她只是口头上这样说，她那激动慌张的身子却说出了另外一些话。

走到门口来的真的是马特廖娜·巴甫洛芙娜。她走进房间里，胳膊上搭着一条被子，用责备的目光看了聂赫留朵夫一眼，生气地责备卡秋莎不该拿错被子。

> 叙述
> 马特廖娜·巴甫洛芙娜自然明白聂赫留朵夫想做什么，但她没有直接指出来，而是巧妙地打断二人的交流。此句既表现了她对卡秋莎的关心，又表现出她的老练。

聂赫留朵夫一言不发地走出去。他甚至没有感到害臊。兽性的感情已经从他往日对她的纯正的爱情下面挣脱出来，控制住他，独自称霸。整个傍晚他六神无主，脑子里只盘算着一件事，那就是怎样才能跟她单独见面。可是，不但她在躲避他，马特廖娜·巴甫洛芙娜而且像守护神一样，极力不许她离开身边，使他无法下手。

## 精简点评

在聂赫留朵夫身上活着的“兽性”的人在本节中得到了体现，通过他对卡秋莎的行为及他的内心活动揭示了“兽性”的人的霸道、邪恶和控制力。在“兽性的感情”面前，聂赫留朵夫的别扭、害臊、良心上的不安，以及他对卡秋莎纯真的感情都败下阵来，促使他像一个打算干什么犯罪的事似的去跟踪、靠近卡秋莎。当然，聂赫留朵夫的内心也是矛盾的，比如，那两个不同的声音、他的害臊、他的别扭、他的休止状态等，这些细节都反映出聂赫留朵夫本质不坏，为他最终复活埋下了伏笔。

粗糙　喜笑颜开

她看一下他的眼睛，喜笑颜开，倒好像她是来对他报告一个不同寻常的喜讯似的。

可怕的和无法抑制的兽性感情已经把他抓住了。

## 阅读思考

聂赫留朵夫“兽性的感情”对他和卡秋莎的“纯正的爱情”产生了什么影响？

# 十三

整个傍晚就这样度过去，黑夜来临了。聂赫留朵夫知道马特廖娜·巴甫洛芙娜目前待在自己的卧室里，只有卡秋莎一个人待在女仆房间里，他就又走出去，在台阶上站住。

动作描写

体现了聂赫留朵夫的紧张和慌乱。

聂赫留朵夫从大门口的台阶上走下去，穿过一片水洼，来到女仆房间的窗子跟前。他的心在胸膛里跳得那么响，他自己都听见了。他时而屏住呼吸，时而费力地深深吐一口气。女仆房间里点着一盏小灯。卡秋莎独自坐在桌旁，思考着什么，望着自己前面出神。聂赫留朵夫一动不动地瞧了她很久，想看一下她自以为没有人瞧着她的时候会做些什么。

细节描写

体现了玛丝洛娃对聂赫留朵夫的恐惧和害怕。

他敲敲窗子。她仿佛触了电似的，全身一震，十分恐惧的表情显露在她的脸上。然后她一跃而起，走到窗前，把她的脸凑近窗玻璃。甚至在她伸出两个手掌，像护眼罩似的放在她的眼睛两旁，然后认出他的时候，那恐惧的神情也仍旧没有离开她的脸。他对她招手示意，要她到院子里来。可是她摇头，意思是说她不出来。可是这时候她回过头去看房门口，分明有人在叫她。聂赫留朵夫就从窗子跟前走开了。

动作描写

卡秋莎没细看是谁在敲窗子就“向外奔”，突出体现了她也在挣扎，展现了她对聂赫留朵夫的爱。

聂赫留朵夫在房子的墙角那儿来回走了两趟，有好几次不小心把脚踩进水洼里去，后来又回到女仆房间的窗子跟前。里面灯仍旧点着，卡秋莎独自一个人，依旧靠着桌子坐着，好像心里左右为难拿不定主意似的。他刚刚走到窗子跟前，她就抬起眼睛看他。他敲了敲窗子。她也没细看是谁在敲窗子，就立刻从女仆房间里向外奔。他听见门扣“咔”的一响，然后通向外面的门吱吱扭扭地开了。这时候他已经在外屋的旁边等她，一句话也没说，立刻伸出胳膊去搂住她。她偎紧他，扬

起她的头，用她的嘴唇去迎接他的吻。忽然，房门又“咔”的一响，又吱吱扭扭地开了，传来马特廖娜·巴甫洛芙娜生气的声音：

“卡秋莎！”

她从他怀抱中挣脱出来，回到女仆房间里去了。他听见门扣又“咔”的一声响，扣上了。这以后一切都归于沉寂，窗子里的红光不见了，只剩下一片迷雾和河上的喧嚣声。

**环境描写**

迷雾和河上的喧嚣声反而使沉寂的氛围变得更加沉寂。

聂赫留朵夫往窗子跟前走过去，然而看不见里面的佳人。他敲窗子，也没有人回答他。聂赫留朵夫绕到前门的台阶上，从那里走回自己住的正房里，可是辗转反侧，睡不着觉。他心生一计，便脱掉靴子，光着脚，顺着走廊往她的房门口走过去，她的房间同马特廖娜·巴甫洛芙娜的房间紧挨着。起初他听见马特廖娜·巴甫洛芙娜发出平稳的鼾声。他正想往前走，直闯卡秋莎的房间，忽然马特廖娜·巴甫洛芙娜咳嗽起来，并且翻了个身，把她的床弄得吱吱嘎嘎地响。他吓得心停住了跳动，一动不动地站了大约五分钟。等到一切又沉寂下来，平稳的鼾声又响起来，他就小心翼翼地行进，力图避免将地板踩得嘎吱嘎吱发响，往前走去，来到她的房门口。什么声音也听不见。她分明没有睡着，因为她的鼾声听不到。他刚刚压低喉咙叫一声“卡秋莎”，她就跳下床，走到房门口来。他感到她似乎生气了，她劝他快走，不要纠缠她。

“这像什么话？哎，这怎么行？姑妈她们会听见的。”她嘴上这样说着，她的全身却在说，“我整个人都是属于你的。”

这一点只有聂赫留朵夫懂得。

“你开一点儿门吧。我求求你。”他毫无理性地说。

阅读笔记

她不出声，然后他听见一只手摸索着找门扣的声音。门扣“咔”的一响，他就顺着推开的门缝溜进去了。

这时候，她只穿着一件硬粗布做成的衬衣，裸露着胳膊。他抓住她，抱起她来，把她带走。

“哎呀！您这是干什么呀？”她小声说。

可是他不理睬她的话，一直把她抱到他自己的房间里。

“别这样，放开我吧。”她说。可是她的身子更偎紧他了。

事后，他来到台阶上，伫立沉思，反复琢磨着刚才发生的这件事的意义。

“我这是干了什么：这件事的后果是大福还是大祸？”他问自己，“男女之事，从古至今一直都在发生，大家都是这样做的。”他用这样的解释宽恕自己，然后就回房安然就寝。

精简点评

本节详细地讲述了聂赫留朵夫诱奸卡秋莎的过程。在本节中，聂赫留朵夫为了满足自己“兽性”的情感，想方设法地去见卡秋莎，他甚至为此脱掉了鞋子，光着脚走到卡秋莎的房间，将卡秋莎抱到自己的房间，事后还以“大家都是这样做的”来解释并宽恕自己。卡秋莎本就因为聂赫留朵夫的行为而心事重重，甚至因聂赫留朵夫敲打窗户而感到恐惧，露出严肃的神情。最终，她还是禁不住聂赫留朵夫的诱惑，放弃了内心的挣扎，奔向了聂赫留朵夫。本节多处对环境做了描写，借助环境来渲染氛围，衬托人物心境，暗示人物的命运，起到了融情于景、以景写人的作用。

就寝　喧嚣　辗转反侧

整个傍晚就这样度过去，黑夜来临了。

他时而屏住呼吸，时而费力地深深吐一口气。

这以后一切都归于沉寂，窗子里的红光不见了，只剩下一片迷雾和河上的喧嚣声。

1. 卡秋莎独自坐在桌旁干什么？

2. 在聂赫留朵夫第一次敲窗时，卡秋莎有何反应？

# 十四

第二天，风度翩翩的快乐公子申博克到聂赫留朵夫的姑妈们家里来找他。申博克凭他的文雅、殷勤、欢畅、慷慨及对德米特里的友爱之情，把姑妈们完全迷住了。申博克只逗留了一天，当天晚上就同聂赫留朵夫一起告辞走了。聂赫留朵夫觉得申博克猜出他同卡秋莎的关系了，这使得他的虚荣心得到了满足。他还想到，他现在就此走掉未免可惜，不过既然非走不可，倒也未尝没有好处，这样就可以把这种难以保持下去的关系马上扯断。他另外又想到，应当给她一笔钱才对，这倒不是为她着想，不是因为这笔钱对她可能有用，而是因为大家历来都是这样做的，因为他在玩弄了她以后，假如不给她一笔钱，别人就会认为他是个不正直的人。

心理描写

作者通过人物心理活动，揭示了聂赫留朵夫内心的自私和虚伪，给人以深刻的印象。

他也真的给了她一笔钱，而且就他的身份和她的身份来说，他认为那笔钱算是相当丰厚的了。离别的那天，午饭后，他在前厅里守候着，等她出来。“我希望我们能互相宽恕，”将一个装着一百卢布的信封在手中揉成一团，“这是我……”

动作描写

突出了聂赫留朵夫内心的不安。

她猜到了他的用意，一面推开他的手。“不，你拿着吧。”他喃喃地说，把信封塞入她的怀中。同时，他仿佛被火烧着了一样，哭丧着脸，嘴里发出哼叫声，跑回自己房间去了。

这以后，他久久地在自己的房间里走来走去，只要一想起刚才那个场面，他的身体就蜷缩成一团，甚至跳了起来，大声呻吟着，好像身体疼痛一般。

阅读笔记

为了继续潇洒而欢乐地过日子，只有一个方法：不再想这件事。

他踏入的新生活，包括新的地方、新的战友、新的战争，这种种方面都有助于他做到这一点。他的生活越来越新，越来越多，就越易于忘却往事，最后他把这段往事完全忘却了。

只有一次他曾希望看到她，那是战后的事，他顺路来姑妈家探望，才知道卡秋莎已经没有住在那儿了。他那次路过探亲后不久，她就离开了姑妈们，离开的原因是生孩子。姑妈们好像听说她在什么地方把孩子生了下来，就完全沦落入下流社会了——这消息使他的内心感到痛苦。按孩子出生的月份推算，她生下来的孩子可能是他的，但也可能不是他的。姑妈们说她堕落了，成了一个和她母亲一样的妇人。姑妈们的这种评价对他颇有好处，因为这仿佛说明他没有罪过。最初他依然想寻找她和孩子，可然后呢，一想起这件事，他的心灵深处就太痛苦和太惭愧了，所以他没有为这方面的寻访做必要的努力，而更多的时间是干脆忘记自己的罪过，不再想她。眼下令人吃惊的偶然事件使他记起了一切往事，但此时此刻他没有深刻的自省自责，他考虑的只是现在怎样不让外人知道这件事，使她或

转折

一个转折，直击聂赫留朵夫虚伪的内心，也指出此时的他并没有开始直面自己，他的不安只是怕失去面子。

者她的辩护人不把这件事完全揭穿，使他不致在公众面前大失面子。

本节主要描写聂赫留朵夫在诱奸了卡秋莎之后，他内心深处的挣扎。然而聂赫留朵夫最后还是选择了逃避，选择忽视内心的不安，让自己继续过潇洒而欢乐的日子。本节中的申博克看似和聂赫留朵夫是同样的人，但仔细品味，还是能感觉到他们的不同。文雅、殷勤、欢畅、慷慨的申博克的内心是龌龊、卑鄙的，他助长了聂赫留朵夫的兽性，让聂赫留朵夫在利己主义道路上越走越远。但聂赫留朵夫在内心深处知道自己的行为是龌龊、卑鄙和残忍的，申博克则没有这样的想法。

## 佳词美句

蜷缩　风度翩翩

这以后，他久久地在自己的房间里走来走去，只要一想起刚才那个场面，他的身体就蜷缩成一团，甚至跳了起来，大声呻吟着，好像身体疼痛一般。

## 阅读思考

1. 聂赫留朵夫认为自己是个什么样的人？
2. 为了继续潇洒而欢乐地过日子，聂赫留朵夫是怎么做的？
3. 聂赫留朵夫的内心深处是怎么看待自己的所作所为的？

# 十五

正是在这样的心理状态下，聂赫留朵夫从审判庭里走出来，进入陪审员室。他倚窗而坐，不断地抽着纸烟，耳际传来周围的人的谈论。

动作描写

体现了聂赫留朵夫内心的烦躁。

当民事执行吏以其偏向一边的步态走来，邀请陪审员们重新进入审判庭的时候，聂赫留朵夫感到心惊肉跳，好像他不是去审判别人，而是被领着去接受审判似的。他内心深处已经感到自己是个恶棍，像他这样的坏人在众目睽睽之下本应羞愧得无地自容才对。可与此同时，他在老习惯的驱使下，竟堂而皇之地走到大厅的高台之上，在仅次于首席陪审官的第二把椅子上安坐，架起二郎腿，手里悠闲自得地摆弄着夹鼻眼镜。

在审判庭里出现了新的面孔——证人们，聂赫留朵夫发现，玛丝洛娃好几次抬起眼睛，她的视线似乎不能离开那个穿着华丽的丝绸和天鹅绒衣服的胖女人，这个女的头戴扎着大蝴蝶结的高帽子，裸到肘部的胳膊上挂着一个雅致的手提包。聂赫留朵夫后来才知道这个女人也是证人，她是玛丝洛娃所在妓院里的鸨母。

外貌描写

通过人物的穿着打扮来刻画人物的身份、地位，给读者留下了深刻的印象。

开始讯问证人们。所有的证人都退场回避，只留下一个女的，就是那个妓院的鸨母，名叫基塔耶娃。法官要求她将所知道的有关此案的情节通通说出来。于是基塔耶娃便将自己知道的全部情况说了出来。

“在您的心目中，玛丝洛娃的人品怎样呢？”一个实习律师，受法庭的委托做玛丝洛娃的辩护人，红着脸、怯生生地问道。

语言描写

这里对玛丝洛娃的辩护人的神态、语言做了描写，充分展现了他的怯弱和不专业，为玛丝洛娃的审判结果埋下了伏笔。

“一个挺不错的姑娘，”基塔耶娃回答说，“受过教育，长相美丽大方。她是在一个良好的家庭环境中培养大的，可以阅读法文书。她有时喝点酒，但从未喝醉过。真是一个好姑娘。”

卡秋莎看着鸨母，可后来突然将眼睛转向陪审员们，并且其视线停留在聂赫留朵夫身上，她的一张脸这时显得正气凛然，甚至是森严可怖的。他不能将自己的视线从这双有着清亮眼白的，斜睨的眼睛上移开。

“她认出我来了！”他想道。于是聂赫留朵夫好像等着人家兜头一击似的，全身紧缩成一团。可是她没有认出他来。她平静地出了一口长气，眼睛又看着审判长。聂赫留朵夫也吐出一口长气。他想：“总算平安无事，但愿这审判快点结束就好。”

> **人物描写**
> 通过描写聂赫留朵夫的心理活动和外在表现，形象地展现了他的紧张心理。

## 精简点评

当民事执行吏邀请陪审员们进入审判庭时，聂赫留朵夫感觉自己像是被领着去接受审判。虽然他架起二郎腿悠闲地安坐在椅子上，但面对卡秋莎对他眼睛的探索和打量，他还是下意识地紧缩成一团。在知道卡秋莎并未认出他时，他吐了一口长气，并暗自庆幸自己平安无事，还期盼着审判快点结束。

## 佳词美句

怯生生　心惊肉跳　众目睽睽　无地自容　正气凛然　堂而皇之

卡秋莎看着鸨母，可后来突然将眼睛转向陪审员们，并且其视线停留在聂赫留朵夫身上，她的一张脸这时显得正气凛然，甚至是森严可怖的。

阅读思考

1. 当民事执行吏邀请陪审员进入审判厅的时候，聂赫留朵夫为什么会感到心惊肉跳？

2. 当玛丝洛娃把视线停留在聂赫留朵夫身上时，聂赫留朵夫在有什么表现？

# 十六

名师解读

审判原本是一个神圣、严肃的过程，可是作者通过寥寥数语，就将审判的荒唐、参与审判的审判长、副检察长、陪审员等人心不在焉、装模作样走过场的情形刻画得淋漓尽致。法庭尚且如此，其他地方岂不是更荒唐？这是对整个社会荒唐风气到处盛行的揭露。

可是，他心里越急，案件的审判反而拖得越久，使他如坐针毡。在一个个地讯问了证人和鉴定人之后，又是副检察长和辩护律师们一个个地站起来，摆出通常的煞有介事的模样，提出些毫不必要的问题。接着审判长拟请陪审员们查看物证，其中包括一枚硕大无朋的明显戴在最粗壮的食指上的戒指，戒指上有一颗梅花形的钻石，还有一张过滤纸，上面化验出毒药，这些东西都密封着，上面贴有纸条，作为标志。

陪审员们已经起身，要去查看物证了，可是副检察长又添花样，他半立起身子，要求在查看物证以前，先听一听医生的验尸报告。在听完医生全部的验尸报告后，庭长终于宣布可以去检查物证了。

物证检查完毕后，审判长宣布法庭侦讯结束。他想快点从公事中脱身，也不让大家休息一下，就请公诉人发言。于是，公诉人慢腾腾地站起来，卖弄一下他那穿着绣花制服的优雅身材，双手按住写字台，微微低下头，扫视一下法庭，视线避开被告人，开始发言。

接着副检察官口若悬河，洋洋洒洒地讲下去。继副检察官发言之后，一位律师从椅子上起身发言。他口齿伶俐，振振有词，为卡尔津金和包奇科娃辩护。这是他们花了三百卢布雇来的辩护律师。他将他们两人的罪行推得干干净净，全部罪责都落在玛丝洛娃一人身上。

接着玛丝洛娃的律师站起来，他显然有点胆怯，结结巴巴地宣读自己的辩护词。他不否认玛丝洛娃曾参与偷窃，仅仅坚持说她没有毒死斯梅里科夫的意图，在酒中撒药粉给他喝只是为了让他熟睡。

这个辩护人发言完毕后，副检察官又站起来，批驳了前两个辩护人的发言，然后得意扬扬地坐下。之后，法庭让被告自己辩护。

叶甫菲米雅·包奇科娃一再说自己什么都不知道，什么事也没参与，一口咬定是玛丝洛娃一人干的。西蒙只是反复说："你们要怎么办就怎么办，反正我没罪，我是冤枉的。"

玛丝洛娃什么也没有说。当审判长示意她可以为自己辩护时，她只是抬起眼睛看了看他，然后环顾四周，好像一头被追捕的野兽，并马上垂下眼睛，哭了起来，大声呜咽不止。

"您怎么啦？"坐在聂赫留朵夫旁边的一个商人，听见聂赫留朵夫嘴里突然发出古怪的声音，问道。这种声音是勉强忍住的抽泣。为了掩饰眼中的泪水，他戴上夹鼻眼镜，接着掏出手绢，动手擤掉鼻涕。

阅读笔记

**动作和神态描写**

"抬起""环顾""垂下""哭"等动词充分地展现了玛丝洛娃的弱小、无助。

## 精简点评

本节讲述了副检察官的发言，卡尔津金和包奇科娃的律师和玛丝洛娃的律师的辩护。在本节中，上层人士的轻蔑、肤浅、虚伪、剥削和底层人民的弱小、无助得到了充分的展现，让读者从中窥探到一个病态的社会。

## 佳词美句

如坐针毡　煞有介事　结结巴巴　得意扬扬　口若悬河　洋洋洒洒

这个辩护人发言完毕后，副检察官又站起来，批驳了前两个辩护人的发言，然后得意扬扬地坐下。

## 阅读思考

1. 作者从哪些方面刻画了副检察官的性格？
2. 在副检察官眼中，玛丝洛娃是个什么样的人？
3. 你认为玛丝洛娃的律师怎么样？

## 十七

被告人都做了最后陈述后，审判长便开始做总结发言。

审判长一开始讲话，玛丝洛娃就目不转睛地盯着他，仿佛怕听漏一个字。这样，聂赫留朵夫不用担心跟她的目光相遇，就得以仔细观察她。他不禁浮想联翩，心理活动中出现了一种生活中常有的现象。阔别了这么多年后，乍一见到这张可爱的人的脸，最初他因她的外表的变化大吃一惊，但渐渐地，和许多年以前的模样惟妙惟肖的那副面容出现了，一切发生的改变都消失得无影无踪。在他那双充满想象力的眼睛面前，呈现出来的仅仅是独一无二的不可复制的意中人的主要神态。

心理描写

突出了多年前的玛丝洛娃在他内心深处占据着极其重要的位置。

他依然没有屈服于悔恨的感情，这种感情本已在他心中萌动。他把眼前情景当成一次偶然事件，事情会过去，不会破坏他的生活。

本节主要讲述了审判长对案件做总结发言和聂赫留朵夫内心深处的状态的描述。聂赫留朵夫虽然已经知道自己行为的荒唐、卑鄙，内心饱受煎熬，但他依然不敢面对现实，依然想着逃避这一切，假装自信地安坐着。

## 佳词美句

目不转睛　浮想联翩　惟妙惟肖　无影无踪

审判长一开始讲话，玛丝洛娃就目不转睛地盯着他，仿佛怕听漏一个字。

他把眼前情景当成一次偶然事件，事情会过去，不会破坏他的生活。

## 阅读思考

1. 聂赫留朵夫怎么会有机会在法庭上仔细观察玛丝洛娃？
2. 审判长的发言大概是什么？

# 十八

阅读笔记

审判长终于结束了发言，下一个程序是陪审团讨论。陪审员们依次走进议事室，兴致勃勃地交谈起来，最后大家都认为西蒙·卡尔津金和包奇科娃有罪，而对于玛丝洛娃是否谋财害命的问题，引起了激烈的争论。大家争论得头昏脑胀，都很疲劳了，最后决定裁定她有罪，但没有蓄意抢劫，也没有偷钱。

大家是如此疲劳，以致谁也没想到要答词中加上一句：是有罪，但没有杀人害命的意图。

聂赫留朵夫是那样激动，以致他也没有觉察到这个疏漏。答词就以这样的形式被记录下来，并呈送给法庭。

审判长看过之后，发现陪审员们附加了第一项条件："没有抢劫意图"，却没有附加第二项条件："没有杀人的企图"。按陪审员们的判词，由此得出一个结论：玛丝洛娃没有偷东西，没有抢劫，可是下毒杀了一个人，并且没有明显的目的。

"您瞧，他们送来了一份多么荒谬的东西。"审判长对左边的一位法官说，"要知道，这要判苦役的，可她又没有罪。"

"真的吗？她怎么会没有罪啊。"那位严厉的法官说。

"她简直就没有罪。我看，这种情况适合应用第八百一十八条[①]。"

**语言描写**

审判长的这句回答其实暗示了陪审员的判词是可以取消的，法庭是完全可以避免这次误判的。

"您觉得怎么样？"审判长对那位和善的法官说。

那位和善的法官没有立即作答。他的眼睛却盯着放在他面前的那张公文的号码，用心算将那几个数字加在一起，所得的结果不能用三除尽。原来他是在占卜，要是其结果能被三除

① 第八百一十八条规定，法庭若发现原告方面不公正，可以取消陪审员的判词。

尽，就很吉利，他也就表示同意。但是，他毕竟心地善良，尽管不能除尽，他还是同意了审判长的意见。

“我也认为应当这么办。”他说。

“很遗憾。但有什么办法呢！”于是他无可奈何地把那份写着问题和答词的表交给首席陪审员去宣读。

全体起立。首席陪审员两只脚轮换地站着，咳了两声，把各个问题和答词都读了一遍。所有的法庭成员——书记官、律师们，乃至检察官听明白后，都显出惊讶的表情。

**神态描写**

这里对书记官、律师们、检察官等所有法庭成员的神态做了描写，使这份陪审员的判词显得更加荒谬。

副检察长心花怒放：在玛丝洛娃的案子上他获得了意想不到的成功，并把这种成功归因于他的雄辩的口才。他翻了翻法典，在座位上欠起身来说：

“对西蒙·卡尔津金，我认为应根据第一千四百五十二条和第一千四百五十三条第四款加以处罚；对叶甫菲米雅·包奇科娃，应根据第一千六百五十九条加以处罚；对叶卡捷琳娜·玛丝洛娃应根据第一千四百五十四条加以处罚。”

“老兄，坏了，我们做错了一件事。”彼得·格拉西莫维奇走到聂赫留朵夫面前说——这当儿首席陪审员正在向聂赫留朵夫讲述什么——“要知道我们已经把她送去做苦役了。”

**语言描写**

彼得·格拉西莫维奇的话点出法庭对玛丝洛娃的判处结果。

“你说什么？”聂赫留朵夫高声喊叫道，这会儿他完全不计较这位教师不拘礼节的态度。

“是这样的，”他说，“我们没有在答词中注明：‘她犯了罪，但她没有杀人的动机和企图。’刚才书记官对我说，副检察官要判她服十五年苦役。”

“要知道我们就是做了这样的裁定。”首席陪审员说。

彼得·格拉西莫维奇开始争论，他说既然她没有偷钱，那么她就不可能有杀人的意图，这是天经地义的道理。

“刚才离开议事室以前我不是把答词念了一遍吗？”首席陪审员辩白说，“当时谁也没有反对。”

阅读笔记

“刚才我正好离开议事室，”彼得·格拉西莫维奇说，“倒是您怎么也没有看出答词中的疏漏？”

“我万万没有想到这里面存在问题！”聂赫留朵夫说。

“哼，您没有想到？”

“真没想到，这事还可以补救吗？”聂赫留朵夫说。

“不行了，全完了。”

**心理描写**

体现了他的真实想法。此时的他虽然对玛丝洛娃心怀愧疚，但依然想着要去逃避，并和她断绝关系。

聂赫留朵夫的心里又开始活动了，一丝卑劣的感情在蠢蠢欲动。在此刻以前，他原本以为她会无罪开释并将留在城里，因此他一时拿不定主意，真不知今后该怎样对待她才好。处理同她的关系是一件很棘手的事。如今呢，她去西伯利亚服苦役了，这样就一笔勾销了同她保持任何关系的可能。

## 精简点评

本节主要介绍了陪审员们根据法庭给出的问题而做出的评判，最终给出了一个荒唐的判词的情节。此外，聂赫留朵夫在本节中流露了对玛丝洛娃的愧疚心理，也展现了其卑劣的想逃避的情感。

## 佳词美句

疏漏　兴致勃勃　头昏脑胀　心花怒放

刚刚参与争辩的聂赫留朵夫是那样激动，以致他也没有觉察到这个疏漏。

## 阅读思考

陪审员们给出的判词出了什么漏洞？

# 十九

彼得·格拉西莫维奇的推测是正确的。

审判长从议事室里回来，手里拿着公文，宣读起来。

“188× 年 4 月 28 日，州法院刑事庭遵奉皇帝陛下圣谕，按照诸位陪审员先生的判定，根据《刑事诉讼法》第七百七十一条第三款、第七百七十六条第三款及第七百七十七条裁决如下：农民西蒙·卡尔津金，年三十三岁，小市民叶卡捷琳娜·玛丝洛娃，年二十七岁，褫夺公民身份的一切权利，流放服苦役；卡尔津金八年，玛丝洛娃四年，并根据《法典》第二十八条，二人应承担各种后果。同样是小市民的叶甫菲米雅·包奇科娃，年四十三岁，褫夺一切特有的、个人的以及按公民身份享有的权利和财产，处徒刑三年，并根据《法典》第四十九条承担后果。本案诉讼费用由被告平均分担，如被告无力缴纳，由政府接过来用官费支付。本案物证全部变卖，戒指追还，盛毒酒的小玻璃瓶销毁。”

卡尔津金仍旧挺直身子站着，一双手伸直，用凸出的手指贴住裤腿上的接缝，脸颊上的肌肉不断抖动。包奇科娃看上去没什么反应。玛丝洛娃听到判决，脸涨得通红。

“我没有罪，没有罪！”她忽然对着整个法庭大声叫嚷，“这样判是违反教规的罪孽！我没有罪！我根本没有起过坏心，连想都没想过。我说的是实话，实话！”她说完往长凳上一坐，放声痛哭起来。

卡尔津金和包奇科娃走出法庭，可是玛丝洛娃还坐在那里号啕不已，弄得宪兵只好拉拉她的囚袍的衣袖。

“不，可不能这样了结。”聂赫留朵夫已完全忘了自己刚才

阅读笔记

**名师解读**

作者对三个被告在听到判决后的神态、反应做了相应的描述。这些细节、动作都折射了人物各自的性格，暗示了人物不同的命运。

的卑劣感情，自言自语。他自己也不知道是为什么，赶忙走到走廊里，想再看她一眼。而等到他步入走廊里的时候，玛丝洛娃已经走远了。他已顾不到别人是否注意他，快步追上去，直至赶上并超过了她才停下来。她已经不哭了，只是一声一声地抽噎，用头巾角擦拭她那一块块发红的脸。她从他面前走过去，并没有转过脸来看他。等她走过以后，他又急忙地往回走，想去见审判长，但审判长已经走了。

细节和动作描写

生动、灵活地展现了玛丝洛娃大哭之后抽噎的神态，突出了作者敏锐细致的洞察力。

聂赫留朵夫拔脚追到法院门卫室，他才追上审判长。

“审判长先生，我可以和您谈一谈刚才宣判的那个案子吗？我是陪审员。”

语言和心理描写

这里插入了审判长的记忆。这个刚刚宣判了一个荒谬案件结果的审判长，在见到审判员时最先想起的是晚会的场景，可见这个案件的结果对审判长根本没有一点影响。

“好的，当然可以，您不是聂赫留朵夫公爵吗？见到您十分高兴，我们曾经见过面呢。”审判长说着，一面和聂赫留朵夫握手，他高兴地回想起那个晚会上他和聂赫留朵夫见面的情景，聂赫留朵夫跳舞跳得多么好和多么欢乐啊，比所有的青年人都跳得好，“有什么事可以为您效劳吗？”

“在关于玛丝洛娃的答词中偶然出了错。她没有犯毒死人命罪，可同时她又被判了苦役。”聂赫留朵夫哭丧着脸说。

“法庭是根据你们提供的答词做出判决的。”审判长一面说一面朝大门走去，“虽然法庭也觉得答词不符合案情。”

他记起，他原本打算向陪审员们解释一下，他们的答词中写着“是的，她有罪”，却没有否定谋杀的意图，这样就使谋杀意图成立，但是急于结案，话到了嘴唇边，没有说出来。

“是的，但难道就不能纠正错误了吗？”

“上诉的理由总是可以找到的。应该找律师谈谈。”审判长说着，把帽子稍歪地戴在头上，继续向门口走去。

## 精简点评

玛丝洛娃的审判到本节终于告一段落。在本案结束时，玛丝洛娃号啕大哭，看上去受到了很大的打击，可是陪审员、律师、法官们因为案件结束而感到快乐，完全没有对玛丝洛娃产生同情。聂赫留朵夫不顾别人的眼光，忙着去看玛丝洛娃，而后又追上了审判长，这都反映出他和周围人是不一样的，暗示他最终会走向复活。

## 佳词美句

遵奉　圣谕　卑劣　抽噎　号啕不已　自言自语

她已经不哭了，只是一声一声地抽噎，用头巾角擦拭她那一块块发红的脸。

聂赫留朵夫拔脚追到法院门卫室，他才追上审判长。

## 阅读思考

1. 玛丝洛娃的判决结果是什么？
2. 审判长先生为什么没有向陪审员们解释答词中的不合理处？
3. 审判长之前在哪里见过聂赫留朵夫？

# 二十

和审判长的谈话及室外的新鲜空气使得聂赫留朵夫的情绪多少平静了一些。他现在想，他刚才的心情是他自己将问题看得太严重的结果，“天下本无事，庸人自扰之”，这与他整个上午都处在极不习惯的气氛中有关。

“当然，这确是一次奇怪的、惊人的巧遇！必须尽可能地减轻她的不幸的命运，而且要快点动手，马上就做。”他想起了这两个著名的律师。

聂赫留朵夫回到了法院，脱掉大衣就上楼去。在头一条走廊里他就碰上了法纳林。他叫住法纳林，说有件案子要找他商量。

“虽然我很累了……但如果时间不长的话，您就对我说说您的案子吧。我们到这儿来。”

他们到某个房间里桌子旁坐下来。聂赫留朵夫向他详细讲述了玛丝洛娃的案件，还将自己的失误告诉他，并且请求律师为他保密。他们约定星期四晚上再见一面。聂赫留朵夫向他告辞后，就走了。

他走出了法院。天气很好，他舒心地吸了一口春天的空气。马车夫纷纷要他租自己的车，但他愿意步行。俄而，一连串关于卡秋莎，以及他对她的轻薄负情的种种思绪和回忆，又在他的头脑里萌动翻腾。于是他又感到很沮丧，周围的一切都变得暗淡无光。“不行，这些事等以后再细细回味吧，”他暗自想道，“相反，现在我要抛开一切难受的回忆，散散心去。”

他想起了柯察金家的午餐，看了看表。现在还不晚，还能赶上午餐。正好有一辆公共有轨马车响着铃开过来，他跑了

**心理描写**

聂赫留朵夫因着手为玛丝洛娃申诉无罪而感到舒心，可一想起他对她的轻薄负情，就又感到沮丧。这两种截然不同的心态展现了他心中有愧，也有爱。

几步就跳上了车。到了广场，他又跳下车，另雇一辆阔气的马车，十分钟后，就来到柯察金家的大门口了。

## 精简点评

本节主要讲述了聂赫留朵夫请律师为玛丝洛娃申诉无罪一事。他与律师说明情况的时候，表现和先前那个装模作样地坐在高高陪审席上的聂赫留朵夫不同，这些都是他精神觉醒的标志，都是他复活的象征。

## 佳词美句

情绪　告辞　思绪　翻腾　庸人自扰　暗淡无光

他现在想，他刚才的心情是他自己将问题看得太严重的结果，“天下本无事，庸人自扰之”，这与他整个上午都处在极不习惯的气氛中有关。

当然，这确是一次奇怪的、惊人的巧遇！必须尽可能地减轻她的不幸的命运，而且要快点动手，马上就做。

天气很好，他舒心地吸了一口春天的空气。

## 阅读思考

1. 和审判长的谈话结束后，聂赫留朵夫为什么又回到法院？
2. 和法纳林律师谈话后，聂赫留朵夫的心情如何？
3. 你觉得为什么聂赫留朵夫回忆起卡秋莎时，会感到沮丧？

# 二十一

阅读笔记

在柯察金家里，聂赫留朵夫的心绪一直很乱，一边陷于米西和那个有夫之妇的情网中无法自拔，一边又为玛丝洛娃的未来而担忧内疚，一边又陷入对柯察金一家奢靡生活的不耻与厌恶，他近乎是诅咒着自己勉强参加完宴会。

回到家中的聂赫留朵夫，独自进行了一番“灵魂净化”，他认为现在必须与柯察金一家和那个有夫之妇断绝关系了。他要向卡秋莎忏悔，如果必要的话，他还要同她结婚。

他站着，双手放在胸前，像当他还是一个孩子时所做的那样，向上抬起眼睛，面向着冥冥中的某种超自然的力量，说道：

“主啊，帮帮我，教教我吧，降临并移居到我的心中，把我身上的一切龌龊的东西清除掉吧！”他祈祷，请求上帝帮助他，移居到他的身内和心中，净化他的灵魂。他默想和自言自语时，泪水滚滚夺眶而出。这泪水既有好的成分，又有坏的成分。之所以好，是因为这是那个精神的生命在他身上遽然觉醒的欢乐的眼泪。这些年来，精神的生命一直在他心里沉睡。之所以坏，是因为这是一种自怜的眼泪，以为自己还有什么美德呢。

本节主要陈述了主人公聂赫留朵夫对过去和现在的状态的独白。他深知自己过往的某些行为是无赖、流氓的行为，他怀着恐惧和厌恶的心情进行自我审视，向上帝祈祷净化自己的灵魂。这是主人公接受自己的过往，并从内心开始要挣脱虚伪、谎言、自我欺骗的桎梏，从而感受到自由、勇敢、生活的乐趣和善良的威力的展现，这些都是他最终走向复活的铺垫。

## 佳词美句

断绝　忏悔　冥冥　无法自拔　奢靡生活　自言自语

他祈祷，请求上帝帮助他，移居到他的身内和心中，净化他的灵魂。

主啊，帮帮我，教教我吧，降临并移居到我的心中，把我身上的一切龌龊的东西清除掉吧！

1. 回到家中的聂赫留朵夫决定怎么做？
2. 聂赫留朵夫流下的眼泪中，好坏的成分分别是什么？

# 二十二

场面描写

作者分别介绍了躺在木板通铺上的两个女人当前的状态和她们被监禁的原因，揭示了当局者监禁无辜妇女和残酷的暴政。

阅读笔记

关押玛丝洛娃的牢房是个长方形的房间，牢房里总共关着十五个人：十二个妇女和三个孩子。

天还没有黑，只有两个女人躺在木板通铺上：一个用囚衣蒙着头睡觉的女人，是由于没有身份证而被逮捕的，她几乎一直在睡觉。另一个是害肺痨病的女人，她因盗窃在此被执行惩罚。这个女人没有睡，只是躺着，头下枕着囚衣，睁着一双大眼睛，强忍着咳嗽，抑制着一口在喉咙里上下涌动而令她感到发痒的黏痰。其余的妇女都没有戴头巾，只穿着粗麻布衬衣。有的在做针线活；有的则站在窗口边。

做针线活的女人中，有一个老太婆，名叫柯拉勃列娃。她阴沉着脸，一副眉头紧皱、皱纹满布之相，下巴皮肉松弛，好像挂着一个口袋似的。她是个身材高大而强壮的妇人，头发编成了短小的辫子，呈淡褐色，两鬓已经花白，脸颊上有一个汗毛丛生的小硬瘤。这个老太婆因用斧头砍死丈夫，而被判服苦役。她之所以砍死了丈夫，是因为他死缠着她的女儿。她是这个牢房里犯人的牢头，戴着眼镜在做针线活，那双做重活的大手拿着一根针，像农妇那样，用三个手指捏针，针尖对着自己。

她身边坐着一个女人，也在用帆布缝制口袋。这是个身材不高、鼻子翘起、皮肤较黑的妇人，生有一双细小的黑眼睛，心地善良，比较多嘴。她原是个铁路道口看守房的女看守员，由于没有及时走出来向列车举旗，致使列车发生了车祸，被判处三个月的监禁。第三个做针线活的女人是费多霞，女伴们都叫她费尼奇卡。她皮肤白里透红，生就一双明亮的孩子气的深蓝色的眼睛，扎着两根长长的淡褐色的辫子，盘卷在小小的脑袋上。这是个十分年轻、容貌姣好的女子，是因为蓄谋毒死丈夫而坐牢的。在板铺上闲坐的还有两个妇女，一个年龄四十岁，脸孔苍白而瘦削，也许从前某个时候她是一个十分貌美的妇人，可眼下苍白瘦削得厉害。她手中抱着一个孩子，正在给孩子喂奶。她犯的罪是这样的：她村子里被抓了一名壮丁。村民们都认为抓这个壮丁是不合法的，于是就拦住警察局长，把壮丁抢了回来。这个女人就是被抓的小伙子的姑妈，是她带头勒住带走壮丁的马缰绳。另一个坐在板床上无所事事的是个个子不高，满脸皱纹，心地慈善的老太婆，她满头银丝，背也驼了。这老太婆坐在炉子旁的板床上，摆出一副架势，想要捉住一个从她身旁跑过的穿小衬衫的四岁小男孩。那男孩肚子很大，头发剪得很短，正笑哈哈地在她的面前跑来跑去，嘴里不断地说："瞧，你逮不着！"这个老太婆和她的儿子一起被控犯了纵火罪。她对自己坐牢毫不在乎，只是替同她一起入狱的儿子担心。更使她犯愁的是留在家中的老头子，没有人照应老头洗澡，他会全身长满虱子的。

除了这七个女人外，还有四个站在一扇打开的窗子旁，手扶住铁窗棂，用手势和喊话和在院子里走来走去的男囚犯交谈，这些男犯就是玛丝洛娃在大门口撞见的那一批。四个妇人中的一个是因盗窃在此坐牢的，她身材特大，而且胖得出奇，全身是肉，头发火红，黄白色的脸上生满雀斑，从解了纽扣、敞开的衣领里露出粗大的脖子。她用沙哑的嗓门对窗外大声嚷着不堪入耳的粗话。和她并排站着的那个女犯身材奇矮，只有十岁小姑娘那么高，皮肤带黑色，身材不匀称，背脊骨很长，可一双腿很短。她的面孔虽红润，但有多处面疱，一双黑眼睛大大睁开，嘴唇厚而短，遮不住她那暴出的白牙齿。她观看着院子里的情景，不时地发出刺耳的笑声。这个女犯因爱好穿戴打扮，同监都戏称她为"美人儿"，法庭判她犯了偷窃罪和纵火

**外貌描写**

对费多霞的外貌描写，突出她的年轻、青春和美丽。

**外貌和动作描写**

外貌、动作描写，塑造了一个老太婆形象，揭示了她悲惨的生活状况。

阅读笔记

外貌和细节描写

此处为外貌、细节描写，既刻画了女犯的独特的人物形象，又交代了小男孩、小女孩和她的关系以及他们也坐牢的原因。

人物描写

这里对小女孩的外貌、神态、动作做了描写，把孩子的不幸刻画得打动人心，令读者为之感动、心痛。

罪。这两个女犯的身后站着一个穿着十分肮脏的灰色衬衫、模样可怜、瘦得皮包骨、青筋毕露的怀孕的妇女，她犯的是窝藏贼赃罪。这个女人默默无语，但看着院子里的情景，脸上始终露出赞许和会心的微笑。在窗前的第四个女人是由于贩卖私酒被判刑的，她是一个身材不高但很结实的农村妇女，生着一双明显向外突出的眼睛，面容和善。她就是那个跟老太婆玩耍的小男孩的母亲，她还带着一个七岁的小女孩哩，因为外面没有人照顾，所以两个孩子也跟她一起来坐牢了。

她也和别人一样，正在往窗外看，但手里还不停地织着袜子。她听到走过院子的犯人所说的话，不以为然地皱皱眉头，闭上眼睛。她七岁的小女儿，披散着一头浅色头发，穿着一件小衬衣，站在火红头发女人的身旁，一只瘦小的手揪住她的裙子，目光迟钝，留心地听着那些女人和男犯人对骂，然后小声地重复着这些话，好像要把它们记住似的。这间牢房里第十二个女犯人是教堂诵经士的女儿，她把她的私生子丢在井里淹死了，因此被抓了进来。

## 精简点评

本节主要是介绍了关押玛丝洛娃的牢房中的妇女和孩子。牢房里的十二个妇女，在作者的笔下有十二种形象，而且形象鲜活、各异，都能给读者留下深刻的印象，展现了作者高超的人物刻画技巧；牢中的孩子，无论是从年龄、动作，还是从性别、家庭条件，都让读者为他们的遭遇感到难过，为他们的未来担忧。而这些女犯坐牢的原因各种各样，如没有身份证、盗窃、贩卖私酒、被控纵火、蓄谋毒害丈夫、砍死丈夫……可无论是什么罪行，当政者似乎都只会用监禁、苦役来惩治她们，这是当政者粗暴、武断、残虐的体现。

## 佳词美句

肺痨　逮捕　诵经　不以为然

有的在做针线活；有的则站在窗口边。

这个女人默默无语，但看着院子里的情景，脸上始终露出赞许和会心的微笑。

她也和别人一样，正在往窗外看，但手里还不停地织着袜子。她听到走过院子的犯人所说的话，不以为然地皱皱眉头，闭上眼睛。

## 阅读思考

1. 牢房里的妇女分别因何事被关？
2. 牢房里怎么会有三个孩子？

# 二十三

名师解读

简单的话语，却表达了大家对玛丝洛娃的命运的关心，也流露了这些底层人民对现实的妥协和无奈。

当狱卒将玛丝洛娃又送进牢房时，全体犯人都朝她转过脸来。“好姑娘，我刚才还跟大婶唠叨来着，说人家也许当场把你释放了，这就得看你的造化了。”女看守员立即用一种唱歌的声调说，“唉，没想到是这样的结果，看来我们全猜错了。看来上帝有上帝的意旨，好姑娘。”她口若悬河，亲切的好听的话源源不断。

玛丝洛娃一句话也没有回答，默默地朝自己在通铺上的位置走去。从离门最远的地方数起，她的床铺是第二张，同柯拉勃列娃的床挨着。她走到后，就坐在床板上。

“我想，你还没吃饭吧。”费多霞说着，走到玛丝洛娃跟前。

动作描写

将玛丝洛娃内心的痛苦和她在法庭上所受的打击显示出来。

玛丝洛娃没有作答，而是默默开始脱衣服。她脱下满是灰尘的囚外衣，从卷曲的黑头发上取下头巾，便坐下来。

阅读笔记

在板床的另一头，那个同孩子玩耍的驼背老太婆这时也走了过来，站在玛丝洛娃对面。

“啧！”她怜惜地摇摇头，让舌头发出感叹的啧声。

“我说过，得物色一个好律师才行，”柯拉勃列娃说，“怎么，判你流放吗？”

“流放。”她呜咽着说。

“他们这帮吸血鬼，该受诅咒的残忍成性的恶人，”柯拉勃列娃说，“他们平白无故就给姑娘判了罪。”

柯拉勃列娃说着，对火红头发的女人摇摇头，又向玛丝洛娃转过身来：“判了很多年吗？”

“四年。”玛丝洛娃说。她音容凄断，泪如泉涌，滚滚而下的泪水中有一滴落在纸烟上。

“怎么判得那么重呢？”带着小女孩的女人上前问道，然后挨着玛丝洛娃坐下来，手里继续很快地织着袜子。

“为什么判得那么重？没有钱呗。如果有钱在手，雇请一个顶呱呱的好律师来辩护，恐怕会判无罪。”柯拉勃列娃说，“我记起来了，有个这样的律师，全身的毛发长而浓密，大鼻子……咳，我的太太，那个大律师准能把你从水里捞上来，身上还不带一点湿的。把他请来就好了。”

“她怎么请得起啊？”美人儿咧嘴笑着说，在她的旁边坐下来，“那种人，没有大把银子，少于千把卢布，他就藐视你，不会接受你的委托。”

“看来，这些官老爷都是一丘之貉，”卖私酒的女人说，“他们审问我：‘为什么要卖私酒捞钱？’可是，我没有钱怎么能养活我的孩子们呢？”

酒贩子的这些话使得玛丝洛娃的酒瘾又发作了。

“现在能喝口酒才好。”她对柯拉勃列娃说着，用衬衣袖口擦了擦眼泪，偶尔还抽噎一下。

“葡萄美酒夜光杯？行！”柯拉勃列娃说着便爬到通风口，取出藏在那里的一个盛酒的玻璃瓶。

“我给你留了一壶酒，大概凉了。”费多霞说着，从墙架上取下一个用包脚布包着的白铁壶和一个带把的杯子。

酒凉了，铁味比酒味还重，但玛丝洛娃还是倒了一杯酒。

这时柯拉勃列娃把盛酒的玻璃瓶和杯子递给了玛丝洛娃。于是玛丝洛娃便与柯拉勃列娃和美人儿一块儿喝起了酒。

**神态描写**

凸显了这个判决给玛丝洛娃带来了沉重的打击。

揭露了律师的丑陋面目。

**名师解读**

前文提到，玛丝洛娃之所以染上了酒瘾，是因为喝酒能使她麻醉自己，暂时忘记痛苦。大家的谈话内容本身就是没有希望的，这使刚刚被判苦役的玛丝洛娃更看不到希望，而酒贩子在这个时候提到了贩卖私酒，这便勾起了玛丝洛娃的酒瘾。

本节主要讲述了玛丝洛娃回到牢房后，大家对她的态度和表现。从本节中，我们可以感受到作者对日常生活情景细致入微的洞察力和对人物心理活动高超的掌控力，这是很值得我们学习的。

## 佳词美句

呜咽　藐视　顶呱呱

玛丝洛娃一句话也没有回答，默默地朝自己在通铺上的位置走去。从离门最远的地方数起，她的床铺是第二张，同柯拉勃列娃的床挨着。

酒贩子的这些话使得玛丝洛娃的酒瘾又发作了。

## 阅读思考

1. 面对大家的关心，玛丝洛娃有何反应？
2. 玛丝洛娃为什么想喝酒？
3. 谁和玛丝洛娃一起喝酒？

# 二十四

聂赫留朵夫第二天醒来接到了等待已久的某县首席贵族夫人玛丽雅·华西里耶夫娜的信。这封信如今对他来说是格外重要。她给了他完全的自由，祝愿他那正在操办的和米西的婚姻美满幸福。

“婚姻！”他嘲讽地说，“我现在离这种事多么遥远啊！”

聂赫留朵夫想起了昨天曾打算把全部真相告诉她丈夫，向他悔过，愿意听他随便发落。但今天早晨他又觉得事情并不像他昨天所想的那么容易。

把全部真相都告诉米西，如今他也觉得同样困难。这种话也是不便于启齿的，说出来是要得罪人的。世界上有些事只能心照不宣。今天早晨他做了一个决定：他不再到她家里去了，如果这家的人向他盘根究底，他就说实话。而在对待卡秋莎的问题上，他不能推卸责任。他想：“我要到监狱里去，请求她宽恕我。必要的话，我就和她结婚。”这种为了道德上的满足而愿意同她结婚的想法，今天早晨特别使他感动。

他很久以来都没有如此精力充沛地迎接白天了。既然要和身处下层的妇女卡秋莎结婚，他就得从此告别贵族生活。因此他将女管家阿格拉费娜·彼得罗夫娜唤来，对她说：他不需要这么大的住宅和这么多仆人了，请她帮助辞退仆人，家里的东西交给聂赫留朵夫的姐姐娜塔莎处理。阿格拉费娜·彼得罗夫娜原是聂赫留朵夫母亲的养女和贴身女仆，现在见聂赫留朵夫做出如此唐突的决定，十分不理解。于是聂赫留朵夫将昨天在法庭里的奇遇原原本本告诉她。一次奇遇改变了他的人生道路，他决定抛弃一切财产，从此做一个靠

阅读笔记

**心理描写**

即便和卡秋莎事情已经过去十年了，聂赫留朵夫依然勇敢地承担了责任，说明他的内心还是善良的。不过，作者无情地揭示了聂赫留朵夫和卡秋莎结婚的初衷——为了使自己在道德上获得满足，这样的初衷显然是卑劣的。

叙述

从聂赫留朵夫把事情原原本本地告诉自己的女管家这个行为，可以看出他要为卡秋莎的问题承担责任的决心。

劳动为生的平民。阿格拉费娜·彼得罗夫娜从小生活在聂赫留朵夫这种贵族家庭里，要她从此舍弃这个贵族环境，当然很难，但既然主人做出如此决定，她只好认命了，准备搬到她侄女家去住。

说来奇怪，自从聂赫留朵夫认识到自己的卑劣，从而憎恨自己以后，他也就不再嫌恶别人了。相反，不论对阿格拉费娜·彼得罗夫娜，还是对柯尔涅尔，他都感到可亲可敬了。他本想把自己的悔恨心情也对柯尔涅尔说说，但是柯尔涅尔是如此恭顺虔诚，他也就下不了决心这样说了。

在去法院的路上，他觉得他今天竟完全成了另一个人。

同米西结婚，这在昨天似乎还有点心思，今天他却觉得完全不可能了。昨天他还认为，就他的地位，她同他结婚，她无疑会得到幸福；可今天呢，聂赫留朵夫也打定主意，决不同米西结婚，免得害了天真纯洁的公爵小姐米西。

反映出聂赫留朵夫对玛丝洛娃的歉意，同时也体现了他的自私。

“我首先得去见律师，看看他有什么决定，然后到监狱去看她，看昨天的女犯人，把一切事情都告诉她。”

他一想到他就要见到她，要把一切事情告诉她，要在她面前认罪，宣布要为她做一切可能做的事，甚至同她结婚来为自己赎罪——一想到这些，他就特别激动，并且热泪盈眶。

本节主要介绍了聂赫留朵夫在某几件事情上所采取的态度和行动。首先是对某县首席贵族夫人玛丽雅·华西里耶夫娜，他决定和她断绝来往，不再欺瞒她的丈夫；其次是处理和米西的关系，他决定不同米西结婚，并不再和他们家往来；最后是对卡秋莎的赎罪，他决定去监狱里请求卡秋莎的原谅，并和她结婚。此时的聂赫留朵夫，是由内而外地发生了变化，他的心灵已经在净化，他的灵魂、精神都已经在开始复活。

## 佳词美句

嘲讽　推卸　心照不宣　盘根究底　精力充沛　可亲可敬　热泪盈眶

她给了他完全的自由，祝愿他那正在操办的和米西的婚姻美满幸福。

世界上有些事只能心照不宣。

## 阅读思考

1. 聂赫留朵夫的内心发生了哪些变化?

2. 聂赫留朵夫为什么决定和玛丝洛娃结婚?

# 二十五

探望犯人需得到检察官的批准，但检察官还没来。于是，聂赫留朵夫应民事执行吏的请求做出庭陪审。

聂赫留朵夫想把自己同昨天那个女被告的关系告诉所有的陪审员。“按理，”他想道，“在昨天开庭的时候我就应该站出来，当众宣布自己的罪状。”可是，当他和陪审员们一起走进法庭时，昨天的那种程序又开始了：又是一声吆喝——“开庭”，又是那三个有领章的法官登上高台，又是一片肃静，又是陪审员们在高背椅上坐下，又是那几个宪兵，又是沙皇画像，又是那个司祭——这当儿聂赫留朵夫感到，尽管他有责任这样做，但今天也和昨天一样，他无法打破这种庄严的法庭气氛。接着，法庭开庭审案，审理的是一桩盗窃案，被告是一个二十岁的小学徒，因生活所迫，撬锁偷了几条价值三卢布的旧地毯，就要被判刑。正所谓“窃钩者诛，窃国者侯”。聂赫留朵夫对这样的审判十分反感，很同情这位被告。

**场面描写** 再一次对法庭“庄严”的气氛进行描写，表达了对法庭上的法官、陪审员、宪兵、司祭等人强烈的讽刺。

审讯工作跟昨天一样，有各种证据，有罪证，有证人；有证人宣誓，有审问，有鉴定人，有交相讯问；等等。另一个证人是失主，也就是那房子和旧地毯的所有者，他显然是个肝火旺盛的人。当副检察官问他，这些旧地毯有什么用，他是不是很需要这些地毯时，他很恼火，回答说：“见鬼去吧，这些破地毯，我根本用不着。要是早知道它们会惹出这许多麻烦来，我非但不会去找它们，还情愿倒贴一张红票子，贴两张也行，只是不要把我拉来受审就行。我坐马车来就差不多花去五个卢布了。我身体又不好，有疝气病，还有风湿痛。”

**名师解读** 从旧地毯的失主的回答中，不难看出这几条旧地毯对他来说其实已没有什么意义了，但是他对受审抱有极大的不满，他不仅要花钱，还要撑着多病的身子过来。由此可见，法庭根本不尊重证人的意愿。

证人们就说了这样一些话。而被告本人全部招认，就像

一条被逮住的小野兽，茫然地左顾右盼，同时断断续续地把作案的过程从实讲来。

法庭指定的辩护人却证实，这个盗窃案并不是在住人的房子里犯的，因此，罪行固然不能否认，但罪犯毕竟不是像副检察官所断言的那样对社会构成了严重危害。

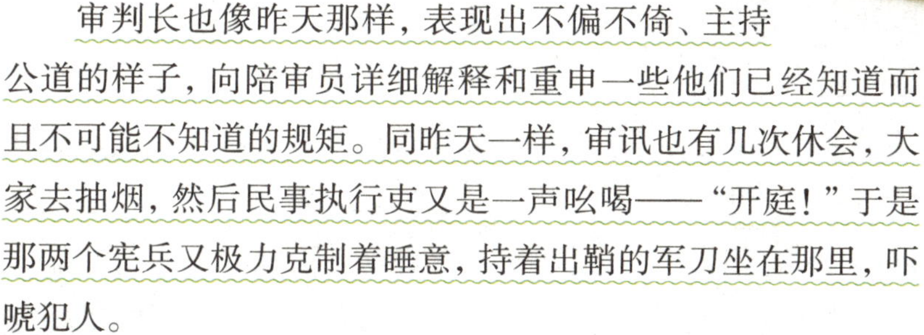

审判长也像昨天那样，表现出不偏不倚、主持公道的样子，向陪审员详细解释和重申一些他们已经知道而且不可能不知道的规矩。同昨天一样，审讯也有几次休会，大家去抽烟，然后民事执行吏又是一声吆喝——“开庭！”于是那两个宪兵又极力克制着睡意，持着出鞘的军刀坐在那里，吓唬犯人。

**细节描写**

法庭上的一切都同昨天一样，一切都在规规矩矩地进行，就连虚伪都一样，显然这样的情形是法庭的常态。

通过审讯，人们得知了事情的来龙去脉，这个青年本来由父亲送到一个卷烟厂当学徒，在那里待了五年。今年，工厂主和工人发生一次纠纷后，他被工厂主解雇了。他找不到活儿干，便在城里游荡，把最后的一分钱也买酒喝光了。在小饭馆他结识了那个比他更早失业、酗酒很厉害的钳工。一天晚上，他们两人一起喝醉了酒，便去一处门户撬锁，从那里偷走了旧地毯。结果他们被捕了。他们照实招认了罪行，被关进牢里。钳工在开审前瘐死。现在这个小学徒正被作为一个社会上必须加以防备的危险人物接受审判。

**白描**

虽然只有一句话，但让人感到格外沉重：这个底层人物就这样悲惨地死去了，但没人会在乎。

“我们不仅没有采取任何措施来消除产生这种人的环境，反而一味助长制造这种人的机构。这些机构是众所周知的，也就是工厂、工场、妓院。我们不但不去消灭这些机构，反而认为它们是必要的，从而去资助它们，振兴它们。

“我们用这种方式培养出来的人不是一个，而是千百万个。然后我们逮住一个，就以为做了一件大事，就可以一劳永逸、高枕无忧，再也不用做什么事了，因为我们已把他从莫斯科省发配到伊尔库茨克省去了，”聂赫留朵夫坐在上校旁边的椅子上，听着辩护人、检察官和审判长的各种不同语调，看着他们自以为是的各种姿态，异常激动地思考着，“要知道，搞虚假的这一套要付出多少精力啊。”聂赫留朵夫继续思索着，向这个大厅环顾了一眼，看着那些画像、灯盏、圈椅、军服，以及厚墙和窗户，想到这座宏伟的建筑，还有那些更宏伟的机构，以及由官僚、文书、看守、役差等组成的庞大的队伍。这类队伍不仅在这里有，而且在全俄罗斯各地都有。他们由于表演这种谁也不需要的闹剧而领取高额的薪金。“哪怕我们拿这些精力的百分之一用于帮助那些被抛弃的人，那会是一个怎样的局面呢？而如今我们只把他们看作为我们的安宁和舒适服务所必需的劳动力而已。当时他由于贫困从农村来到城市时，要是有一个人可怜他，帮他一把就好了，”聂赫留朵夫瞧着那个病态的恐惧的小学徒的脸，“或者当他在城里、在工厂工做了十二小时之后，被年纪比他大的人拉到小酒馆去时，有一个人能对他说一声：‘万尼亚，别去，这不好。’那么，这个小学徒也许就不会去了，更不会一时头脑发热，去做什么坏事了。

场面描写

体现了这所大厅及在大厅内的当差人员的面貌，说明了法庭机构的高昂花费。

心理描写

体现了聂赫留朵夫对小学徒的同情和对他的遭遇的无奈。

阅读笔记

“然而，自从他在城里过着牛马般的学徒生活，为避免长虱子而把脑袋剃光，为师傅们跑腿买东西以来，却从来没有一个人可怜他。相反，自从他在城里住下后，他从师傅们、伙伴们嘴里听到的无非都是‘谁会骗人、谁会喝酒、谁会打架，谁就是好汉’之类的话。

“而当有碍健康的繁重劳动、酗酒、放荡害得他身残志衰后，他就变得傻头傻脑、神志不清、丧魂落魄，漫无目的地在城里漂泊流浪，又一时糊涂，钻进人家板棚里，从那里拿走了几条毫无用处的粗地毯。而我们这帮生活富裕、家里有钱、受过教育的人，不仅不去设法消除造成这个小学徒今天堕落的原因，还要惩罚他，想以此来纠正这类事情。

“真可怕！这种情形主要是由于残酷还是荒谬。”

聂赫留朵夫思考着这一切，已不再听法庭上的审问了。他的思想是如此激烈，连他自己也大吃一惊。

## 精简点评

本节主要讲述了聂赫留朵夫在法庭履行陪审员义务，参加审理一桩盗窃案的过程。一个二十岁的小学徒因为撬锁偷走了几条几乎毫无用处的旧地毯，就被作为社会危险人物受到审判。在审理过程中，聂赫留朵夫就这件事做了思考，对这种现象进行反思，开始关注到底层人民的不幸，他开始对事物有了自己的思考和认识，开始对小男孩及与小男孩一样的底层人民产生同情。

## 佳词美句

生活所迫　傻头傻脑　一劳永逸　高枕无忧

然而，自从他在城里过着牛马般的学徒生活，为避免长虱子而把脑袋剃光，为师傅们跑腿买东西以来，却从来没有一个人可怜他。

真可怕！这种情形主要是由于残酷还是荒谬。

二十岁的小学徒为什么会被判刑？

# 二十六

法庭第一次休会时，他打听到检察官的办公室，就去找他，“您有什么事？”检察官厉声问道。

“我是陪审员，姓聂赫留朵夫，我有要事，必须见被告玛丝洛娃。”

“玛丝洛娃？我当然知道。她被控犯了毒死人命罪，你究竟有什么事要见她呢？”检察官平静地说。

“我有一件特别重要的事情要见她。”聂赫留朵夫说。

“原来是这样，”检察官说，“她的案子审过没有？”

“昨天她已受过审，她被判了四年苦役，这种判决完全错了，她是无罪的。”

“原来是这样，”检察官说，对聂赫留朵夫关于玛丝洛娃无罪的申述不予理会，“既然她昨天才被判决，那么在正式宣判以前她仍得被关在拘留所里，只有在规定的日期才可以探望。我建议您到那里去问一问。您究竟为什么事要见她呢？”检察官有点好奇地扬起眉毛问道。

**语言描写**

检察官不理会有关玛丝洛娃的无罪申诉，是他毫不关心被告命运的体现。他的言语很官方，却没有什么价值，这是他摆架子的表现。

“因为她没有罪，却被判了服苦役。我才是这一切的罪魁祸首。”聂赫留朵夫用颤抖的声音说，同时又后悔失言。

“这话是什么意思？”检察官问。

“是因为我欺骗了她，使她落到今天这个地步。要不是我害了她，她也不致遭到这种控告。”

“我还是看不出来，这与探监有什么联系？”

“有联系。因为我想跟她到西伯利亚去，而且跟她结婚。”聂赫留朵夫说。他说到这里，流出了真诚的眼泪。

**神态描写**

“流出了真诚的眼泪”反映出聂赫留朵夫内心的激动。

“是吗？原来是这样！”检察官也被他的真情感动了，说道，“这的确是一桩异乎寻常的事。“好，我这就给您写一个许可证。请您稍等一会儿。”

他走到桌子跟前，坐下来写许可证。

“请坐一会儿。”

聂赫留朵夫站着不动。

检察官写好许可证，交给了聂赫留朵夫，好奇地看着他。

“我声明一下，”聂赫留朵夫说，“我不能参加审讯了。”

“这要向法庭提出正当理由。这一点您应该知道。”

“这理由就是：我认为一切审判不仅无益，而且是不道德的。”

名师解读

聂赫留朵夫在这里大胆地声明了自己不再继续参加庭审的理由，表现了他对法庭的失望之情。

“原来如此，不过您显然明白，我作为一名法庭的检察官，不能同意您的意见。因此，我劝您向法庭提出这个问题，法庭会处理您的申请，裁定您的申请是不是正当。如果不正当，就要求您付一笔罚金。您去同法官们交涉吧。”

“我已经声明了，我哪儿也不去了。”聂赫留朵夫生气地说。

“再见。”检察官低下头说，显然是希望赶快摆脱这个奇怪的来访者。

## 精简点评

本节主要描写了聂赫留朵夫作为陪审员参加审理，在法庭第一次休会时，他决定再也不回法庭，并强行进入检察官办公室，要求立即获准探监。从本节中可以看出当时政权的专制、粗暴性，从侧面反映了没有人站出来发声的根本原因——话语权被某些人剥夺了。

## 佳词美句

颤抖　异乎寻常　交涉

既然她昨天才被判决，那么在正式宣判以前她仍得被关在拘留所里，只有在规定的日期才可以探望。

我认为一切审判不仅无益，而且是不道德的。

1. 为什么聂赫留朵夫必须要尽快见到玛丝洛娃？
2. 聂赫留朵夫向法庭提出了什么理由来说明自己不能继续参加审讯？

# 二十七

聂赫留朵夫从检察官那里出来，乘车直奔拘留所。可是那里根本没有玛丝洛娃这个人。所长对聂赫留朵夫说，她准是还关在原来的解犯监狱里。聂赫留朵夫就上那儿去。

玛丝洛娃果然在那里。检察官忘记了，六个月以前发生过一次政治案件，宪兵夸大其词，把它说得极其严重，弄得拘留所所有的牢房里都关满大学生、医生、工友、高等女子学院的学生和女医士。

插叙

拘留所所有的牢房都关满了人，而且关的还是大学生、医生、工友、高等女子学院的学生和女医士，足以证实政府机构手段的粗暴与残忍。

解犯监狱离拘留所很远，聂赫留朵夫傍晚才到那里。他想走进那座阴森森的大楼门里去，但岗哨不让他过去，只拉了门铃。看守听到铃响便走出来，聂赫留朵夫出示了许可证，但看守说没有典狱长的准许不能放他进去。聂赫留朵夫就去找典狱长，但典狱长不在家，只有他的女儿在家里弹琴。

“爸爸不在家，要不你去找副典狱长吧。”一个头发蓬松、神情忧郁的姑娘走出来，生气地说。

语言描写

体现了小姑娘被人打扰后的烦躁与恼怒。

“谢谢您。”聂赫留朵夫说完就走了。

聂赫留朵夫在监狱的院子里遇见一个年轻的军官，两撇小胡子抹过油，挺神气的，便向他打听副典狱长在什么地方。原来，他就是副典狱长。这军官接过许可证，看了一下说，这是到拘留所去的许可证，他不敢放聂赫留朵夫进这监狱里去，而且时间也太晚了……

于是奔波一天的聂赫留朵夫只好打道回府。一回到家里，他立即拿出自己已经很久没有动过的日记来，念了其中的几个段落，然后拿起笔来，在日记本上写道：“已经两年没有写日记了，我原以为再也不会回到这种孩子气的玩意儿上来了。可这并不

名师解读

聂赫留朵夫对日记的重新认识，其实是他对自我灵魂的审视，也是他精神觉醒的开始。

是孩子气的玩意儿，而是同自己交谈，同每个人身上都存在着的真正的、神圣的我的交谈。长期以来这个我都在沉睡，也没有人可交谈……4 月 28 日我在做陪审员的法庭里发生的非同寻常的事件把我的良心唤醒了。我看见了她，看见了那个被我欺骗过的卡秋莎，穿着囚衣，坐在被告席上。由于奇怪的误会和我的错误，她被判了苦役。我刚找过检察官，也去过监狱，他们没放我进去见她，但我决心尽一切努力见到她，向她认罪，甚至跟她结婚，以补救我的罪过。我要实现我的心愿。”

## 精简点评

本节描述了聂赫留朵夫从检察官那里出来后，去拘留所找玛丝洛娃，却发现玛丝洛娃并没有被关在拘留所，然后根据所长的推测来到了离拘留所很远的解犯监狱，却因为典狱长不在，而没被获准探监的过程。最后以聂赫留朵夫的日记结尾，这是聂赫留朵夫同自己交谈的话语，也是他不再沉睡的展现。

## 佳词美句

蓬松　忧郁　阴森森　夸大其词　非同寻常

他想走进那座阴森森的大楼门里去，但岗哨不让他过去，只拉了门铃。

## 阅读思考

1. 玛丝洛娃被关在哪里？
2. 副典狱长为什么不允许聂赫留朵夫探监？

# 二十八

这天夜里，玛丝洛娃一直睡不着。她睁大眼睛躺着，瞧着牢房的门出神，听着红头发女人的鼾声。那诵经士之女也没睡，在来回踱步，她的身子时而遮住牢门。玛丝洛娃躺在铺上，想起了很多人，但是唯独没有想起聂赫留朵夫。

关于自己的童年、青年，特别是自己同聂赫留朵夫的爱情，她从来没有回想过，因为想起来太痛苦了。那些往事她几乎深深地埋在心底，连梦中也没有聂赫留朵夫。如今她在法庭上也没有认出他来，倒不是因为她最后一次跟他见面时他还是军人，没有胡子，只有小唇髭，鬈发很短但很浓密——如今他已显出老态，并留着一大把胡子——而是因为她从来没有想到过他。在那个可怕的黑夜，她已经把她过去同他发生的事情全部埋葬了，因为就是在这个黑夜，他从军队里回来，却没有到姑妈家去看她。

肖像描写

这里对聂赫留朵夫现在的肖像做了描写，既突出了聂赫留朵夫这十年来的变化，又解释了玛丝洛娃没有在法庭上认出他的原因。

阅读笔记

在那个夜晚之前，她曾一心一意地等待他，她不仅不嫌恶她心口下怀着的娃娃，而且对肚子里这个轻轻地、有时也激烈地蠕动的小生命感到出奇地亲切。但从这一夜起，一切都变了。这未来的孩子也纯粹变成累赘了。

两个姑妈都希望聂赫留朵夫顺路来一趟，可聂赫留朵夫来电报说不能回来，因为他必须如期赶到彼得堡。卡秋莎听说后，就决定到火车站去找他，那趟火车夜里两点钟路过此地。卡秋莎服侍两个姑妈睡觉后，便劝说一个小姑娘——厨娘的女儿玛什卡陪她去。她穿上一双旧皮靴，戴上头巾，撩起衣襟就和小姑娘一起跑到火车站。

那是个风雨交加的秋夜，下着雨，刮着风，温暖的大颗的

雨点时而哗啦啦地下一阵，时而又停顿。在野外无法看清脚下的路，森林则像炉灶一般漆黑。即使卡秋莎对这条路很熟悉，但还是在森林里迷路了。火车在这个小车站只停三分钟。卡秋莎本希望尽早赶到火车站，可到了火车站，第二遍铃已经响过，火车就要开了。卡秋莎跑到月台上，一眼就看见坐在头等车厢的聂赫留朵夫。这个车厢的灯光特别明亮，有两个军官面对面地坐在丝绒靠椅上，没有穿上衣，正在玩纸牌。靠窗的小桌子上点着几支淌油的粗蜡烛，聂赫留朵夫穿着紧身马裤和白衬衣，坐在靠椅的扶手上，肘臂靠着椅背，不知在笑什么。她一认出他，就用冻僵的手去敲窗户，可这时第三遍铃响了，列车徐徐移动，先是倒退了一下，然后车厢一节碰着一节向前开动了。她把脸贴到车窗玻璃上，有一个军官手里拿着牌站起来朝窗口望，卡秋莎又敲了一下窗子，这时她面前的车厢也震颤了一下走动了。她眼睛望着窗子跟着车厢走起来。那个军官想放下窗子，却怎么也放不下。聂赫留朵夫站起来，推开那个军官，动手把窗门放下。火车加快了速度，卡秋莎也往前跑，快步跟着，不甘落后。但是火车越开越快了。正当窗门放下来的时候，一个乘务员推开了她，自己跳上了车厢。卡秋莎落在后面了，但她仍旧在月台的湿木板地上奔跑，一直跑到月台的尽头，她才极力收住脚步，以免跌倒，然后沿着台阶跑下来到了地上。她还在跑，但头等车厢已经远远地开到前面去了，二等车厢也从她身边驶过去，接着三等车厢以更快的速度奔驰而过，而她还是不停地跑。当尾部挂着提灯的最后一节车厢驶过来时，她已经跑过了月台、水塔，周围已经没有遮拦了。风刮着她，把头巾从她头上掀起来，连衣裙裹住她一边的腿。她的头巾被风刮掉了，可

阅读笔记

**名师解读**

卡秋莎一直不停地追着火车跑，最终追到的只是绝望——她被聂赫留朵夫抛弃了。

她仍旧在跑。

“阿姨，卡秋莎阿姨，您的头巾掉了。”小姑娘在后面一面喊，一面追。

“他在明亮的车厢里，坐在丝绒靠椅上，吃喝说笑，而我在泥地里打滚，在黑暗中遭受风吹雨淋，呼天抢地哭喊：他走了！”卡秋莎想着，停住了脚步，脑袋向后一仰，双手抱头大哭起来。

语言和动作描写

将卡秋莎的无助、失望展现得淋漓尽致。

“他走啦！”她喊道。

小姑娘害怕了，揪住卡秋莎湿淋淋的衣服。

“阿姨，咱们回家吧！”小姑娘说。

心理描写

揭示了玛丝洛娃内心的绝望。

“等下一辆列车过来，我往车轮下一钻，就完事了。”卡秋莎想，没有回答小姑娘的话。

她打定主意要这样做，但这时，如同一个人常常在激动之后突然平静下来时那样，她肚子里的孩子突然动了一下，撞击了一下。原来，她的孩子正在轻轻地舒展四肢，又用一种很细很软很尖的东西顶了一下。于是，在一分钟之前还折磨着她，使她几乎无法活下去的苦恼，对聂赫留朵夫的满腔怨恨，要不惜以一死来复仇的念头，突然间都烟消云散了。她的心里复归平静。她扎上头巾，理好衣服，回家去了。

阅读笔记

她衣服上溅满泥浆、全身湿透、筋疲力尽地回到家里。从这一天起，她开始了一个精神上的转变，结果就变成了现在这个样子。从这个可怕的夜晚开始，她不再相信善了。从前她本人信善，并且以为别人也相信善，但从这一夜起，她断定谁也不信善，人们口头上谈论善，都无非是要骗人罢了。她爱过他，他也爱过她，这点她知道，但他亵渎了她的感情后，就把她抛弃了。像聂赫留朵夫这样可以信赖的人也抛弃了她，谁还可以相信呢？后来发生的全部事情使她进一步证实了这一点。他的两个姑妈发现她已经不能像过去那样服侍她们了，就把她

叙述

交代了玛丝洛娃被聂赫留朵夫抛弃之后，堕入生活底层的悲惨经历。

赶了出来。以后她遇到的所有人，凡是女人都想方设法利用她来赚钱；凡是男人，从年老的警察局长到监狱的看守，都把她看作玩物。不论什么人，除了玩乐，活在世界上就没有任何别的事了。她被养母从家里赶出来之后的第二年，曾跟一个老作家同居。这个老作家更证实了她的这种看法。他直截了当地对她说，这种玩乐叫作诗和美，它乃是人生的全部幸福。

人人都只为自己活着，为自己的欢乐活着。一切关于善的话都是骗人的，如果她心里产生了疑问：为什么世间的一切安排得这样糟糕，为什么大家都相互作恶，大家都受苦；那么，最好是不要去想它。她感到烦闷时，就抽抽烟，喝喝酒，同男人去调调情。这样，一切苦闷也就过去了。

## 精简点评

本节主要讲述了玛丝洛娃对将来的寻思和对过往的回忆，包括了流放到西伯利亚应该怎么办、她曾经是如何相信善、她的精神是怎么转变成如今这样的等。以前的玛丝洛娃一心爱着聂赫留朵夫，可以说，聂赫留朵夫是她的唯一。可是聂赫留朵夫的世界里处处都是诱惑，他早已把玛丝洛娃遗忘了，这是两人越走越远的根本原因。

## 佳词美句

蠕动　累赘　亵渎　笃信　湿淋淋

关于自己的童年、青年，特别是自己同聂赫留朵夫的爱情，她从来没有回想过，因为想起来太痛苦了。

1. 玛丝洛娃为什么突然打消了一死了之的念头？
2. 你认为是什么原因导致玛丝洛娃不再相信善了？

# 二十九

第二天是星期日，早晨五点钟，女牢房的走廊上照例地响起了哨子，柯拉勃列娃早已起床，就把玛丝洛娃叫醒。随后，她们与所有的女犯在长廊里排队等待着点名。

点名后，女看守便走过来，领着女犯人到教堂里去。来自各个牢房的女犯有一百多名，排成一个纵队，玛丝洛娃和费多霞排在队伍的中央。女犯全都戴着白色三角巾，穿着白衬衣和白裙子，只有少数几个女人穿着自己的花衣服。这是带着孩子跟丈夫一起去流放的妻子。整个楼梯都被这些人挤满了。可以听见他们穿着棉鞋走路的脚步声、说话声，偶尔还有笑声。在楼梯拐角处玛丝洛娃看见了自己的冤家对头包奇科娃的凶狠面孔，她走在前面。玛丝洛娃指给费多霞看。女人们下楼梯后便静了下来，在胸前画十字，鞠躬，经过敞开的门走进还很空的金碧辉煌的教堂。给她们规定的位置在右边。她们拥挤在一块，相互挨得很紧地站着。跟在妇女后面进来的是穿着灰色囚衣的男犯人，有的是解犯，有的是监犯，有的是经村社判决的流放犯。他们大声咳嗽着，在教堂的左边和中央挤成一团。在教堂上边的敞廊里，已经站着许多首先被带进来的男犯人：一边是剃了阴阳头的苦役犯，哐啷作响的镣铐已表明了他

外貌描写

突出展现了女犯在监狱里的穿着风格。

细节描写

既介绍了男犯人的穿着和位置，也告诉了读者分辨苦役犯和拘留犯的方法。

们的身份；另一边是没有剃头也没上镣铐的拘留犯。

这座监狱教堂是一个富商重新修建的，花了几万卢布。整个教堂色彩鲜艳，金碧辉煌。

教堂里一片肃静，只听见擤鼻涕声、咳嗽声、婴儿的哭叫声，偶尔还有镣铐的哐啷声。这时站在教堂中央的男犯人忽然闪在一边，彼此挤紧，中间让出一条道来。典狱长沿这条道走来，站在教堂正中全体犯人的前面。

## 精简点评

本节描写了星期日早晨大家一起到教堂里准备做礼拜的情景。作者没有直接描述重新修建教堂的富商如何富有，却通过监狱、教堂等外在事物来反衬富商的富裕程度，通过视觉上的冲击给读者留下了强烈的印象，一下子让读者感受到当时社会所存在的巨大贫富差距。

## 佳词美句

照例　等待　凶狠　金碧辉煌

整个楼梯都被这些人挤满了。可以听见他们穿着棉鞋走路的脚步声、说话声，偶尔还有笑声。

1. 这一天，犯人们要去干什么？
2. 请描述女犯们的穿着。

# 三十

礼拜开始了。

礼拜仪式是这样的：司祭身穿一件特别古怪的、行动不便的锦缎法衣，把盘子里的面包切成若干小块，然后把它们放在一个盛着葡萄酒的杯子里，嘴里念着各种各样的姓名和祷词。诵经士先是不停地念各种不同的斯拉夫语祷词，然后又同犯人组成的唱诗班轮流唱这些祷词。这些祷词本身就很难懂，加之念得快、唱得快，就更难听懂了。祷词的内容主要是祈求皇帝和皇室安康幸福。这种祈福的祷词由大家跪着念许多遍，时而跟其他祷词一块儿念，时而分开念。除此之外，诵经士还念《使徒行传》中的几行诗，其声音是那么奇怪、紧张，因此大家一点也听不明白。司祭也念了《马可福音》里的一段，倒是念得很清楚，说的是耶稣复活后，在飞上天去坐在其父亲的右边之前，先是向抹大拉的马利亚显灵，从她身上驱除了七个魔鬼，后来又向十一个使徒显灵，吩咐他们向普天下的万民传布福音，并宣布说，凡是不信者必被定罪，信而受洗礼者就会得救。还能驱鬼，手一摸病人，病人就好；还会说新的语言。敢于用手捉蛇。喝了毒药也不会死，永远健康。（见《马可福音》第十六章）

礼拜的实质内容是这样的：据说，由司祭切碎后放在葡萄酒里的小块面包，经过某种手法和祈祷，就变成上帝的肉体和血。那操作的方法是这样：尽管司祭身上那件口袋般的法衣碍手碍脚，他还是从容不迫地向上举起双臂，就这样举着不动，然后跪下，亲吻圣坛和上面的东西。不过最关键的动作是司祭两手拿起一块餐巾，在碟子和金杯上方均匀地、平稳地徐徐挥

**名师解读**

此处介绍了监狱里的礼拜仪式，司祭古怪的法衣和行为，诵经士、司祭、犯人唱的、念的让人很难听懂的祷词，都让这个仪式显得很荒唐。而祷词的内容更是荒谬，在监狱的教堂里祈求皇帝和皇室安康幸福，可想而知当时的政府机构有多专制。

**名师解读**

看完这段福音的内容，就会明白司祭为什么要念这段了。这其实是在恐吓、强迫大家信教，这是政府想征服人民的思想，想让人民听从自己摆布的一种行为。

动。据说，面包和葡萄酒就在这时变成了上帝的肉体和血。因此，礼拜的这一部分仪式是特别隆重的。

“最高荣耀属于至圣、至洁、至福的圣母。”司祭做完礼拜仪式后，在隔板后面大声喊道。唱诗班便庄严唱道：荣耀应当归于童女马利亚，她生下基督，却没有失去童贞，因此她应当比司智天使得到更多的光荣，比六翼天使得到更多的荣耀。据说，这以后，变化就完成了。司祭揭下碟子上的餐巾，把碟子中央的小块面包切成四份，先是把它放在葡萄酒里浸一浸，然后放进嘴里。这就被认为是他吃了一块上帝的肉，喝了一小口上帝的血。这之后，司祭掀开帷幕，推开中间的门，拿着金杯，再从那个门里出来，请那些也愿意进圣餐的人吃杯子里的上帝的肉和血。

有几个孩子想进圣餐。

司祭先问了每个孩子的姓名，然后小心翼翼地用小勺子从杯子里舀出一小块浸过酒的面包，深深地送进每个孩子的嘴里。这时候，诵经士当场给孩子们擦净嘴巴，用欢快的声音唱道：孩子们吃上帝的肉、喝上帝的血。然后司祭端起杯子到隔板的后面去，在那里把杯子里的上帝的血全部喝尽，把上帝的肉全部吃光，仔细地舔干净小胡子，擦干净嘴巴和杯子，兴高采烈、精神抖擞地从隔板后面走出来，脚上那双小牛皮靴子的薄后跟发出“吱嘎、吱嘎”的响声。

> **动作和神态描写**
> 极其嘲讽地刻画了司祭喝尽上帝的血、吃光上帝的肉时满足的神态。

基督教礼拜的主要仪式到此结束。不过司祭存心要安慰那些不幸的犯人，在通常的礼拜仪式之外增加一个特别的仪式，让犯人们对着上帝的画像忏悔，从而求得上帝的原谅。

这项仪式结束时，大家很高兴。司祭也松了一口气，把《圣经》合上，走到隔板后面去了。剩下最后一项仪式是：司祭从大桌子上拿起一个四端镶有珐琅饰物的包金的十字架，举着它走到教堂的中央。先是典狱长走到司祭跟前，吻了吻十字架；然后是副典狱长、看守走过去吻十字架。最后是犯人们。犯人们相互拥挤着，低声骂着，走到司祭跟前。司祭一面同典狱长谈话，一面把十字架和自己的手塞进走到他跟前来的犯人的嘴里，有时却戳到他们的鼻子上。犯人们争先恐后地去吻十字架和司祭的手。

**动作描写** 司祭甚至把手塞进犯人的嘴里或戳到犯人的鼻子，这一细节充分暴露了礼拜的荒唐与滑稽。

这次为了安慰和训导迷途兄弟们而做的基督礼拜就这样结束了。

## 精简点评

本节主要描写了监狱教堂里的礼拜仪式。作者详细地向读者介绍了监狱的礼拜仪式、礼拜的实质内容和礼拜的操作方式，展现了该仪式的荒唐，揭示了黑暗政府的专制和残暴。信教本是一种自由，而黑暗政府以宗教为统治手段，禁锢民众的思想。作者表面上是在描写礼拜仪式，实际上是在讽刺黑暗社会。

## 佳词美句

祷词　碍手碍脚　从容不迫

这种祈福的祷词由大家跪着念许多遍，时而跟其他祷词一块儿念，时而分开念。

## 阅读思考

1. 礼拜的实质内容是什么？
2. 礼拜具体是如何操作的？

# 三十一

名师解读

对人进行审判、监禁、折磨、侮辱和惩罚、使用暴力、修建教堂等都是耶稣禁止的行为，耶稣是来释放囚犯、让他们获得自由的，这是作者对宗教的思考。

参加礼拜的人中，从司祭、典狱长到玛丝洛娃，谁也没有想到，司祭声嘶力竭地反复叨念和使用各种古怪的字眼大加赞美的耶稣本人，恰好是禁止这里所做的一切事情的。他不仅禁止这种毫无意义的连篇废话和以师尊自居的司祭利用面包和酒所做的亵渎神的法术，而且以最明确的方式禁止一些人把另一些人称为师尊，禁止在教堂里祈祷，而是嘱咐每个人单独祈祷。他甚至禁止修建殿堂，要求毁掉殿堂，而且说人不应该在殿堂里祈祷，而应在心灵里和真理中祈祷。更主要的是，他不仅禁止对人进行审判、监禁、折磨、侮辱和惩罚，像这里所做的那样，而且禁止对人使用任何暴力。他说，他是来释放一切囚犯，让他们获得自由的。

参加礼拜的人，谁也没有想到，这里所做的一切乃是最严重的亵渎行为，这儿用基督的名义所做的一切正是对基督本人的嘲弄。谁也没有想到，由司祭举着让人们去吻的四端镶着珐琅饰物的包金十字架不是别的，正是基督受刑的绞架的形象，而他之所以上绞架，恰恰是由于他禁止如今在这里以他的名义所做的这一类的事情。谁也没有想到，那些想象自己吃面包和喝葡萄酒就是吃基督的肉和喝基督的血的司祭，确实是在吃基督的肉和喝基督的血。

司祭则心安理得地做这一切，因为他从小就受这样的教育，认为这就是唯一的真正的信仰，以前的圣徒信奉它，现在的神职长官和俗世长官也信奉它。

至于典狱长和看守们，他们虽然从来不知道，也不研究这一信仰的教义和教堂里各种神圣仪礼的意义，但笃信一个人非有这种信仰不可，因为最高官府和沙皇本人都信奉它。此外，他们还感觉到，这个信仰在为他们的残酷的职务辩护，虽然这种感觉是隐隐约约、模糊不清的，因为他们自己也无法解释这是怎么一回事。要是没有这种信仰，他们恐怕很难履行自己的职责，甚至不可能像现在这样完全心安理得地利用一切力量去折磨人。

> **解释说明** 为读者解释了典狱长、看守非有这种信仰的原因。

犯人们，除了少数几个能看穿这类玩意儿纯属骗局、知道这是用来愚弄信徒们的，从而嗤之以鼻外，大多数人都相信在那些包金圣像、蜡烛、杯子、法衣、十字架中，在多次重复、无法听懂的“至亲至爱的耶稣”和“饶恕吧”的词句中，都蕴藏着神秘的力量，借助这种力量，可以在今世和来世得到很大的好处。虽然其中的大多数人已经有过几次尝试，想借助祈求、祷告、蜡烛等在今世得到好处，结果却一无所得，他们的祷告也没有如愿。但大家还是坚信，这种失败是偶然的，既然这一套跪拜加上画十字的做法受到有学问的人和总教主的赞许，总是很有道理的和重要的，即使对今世没有作用，对来世也一定会有好处。

> **解释说明** 解释了犯人们信仰这种仪式，是因为这样做可以受到有学问的人和总教主的赞赏，而且他们坚信对今世或来世是有好处的。

玛丝洛娃也这样相信。她在做礼拜的时候，也和别人一样，产生了一种既虔诚又厌烦的混杂心情。她先是站在隔板后面的人群中间，除了同牢的几个女伴外，谁也看不见。而当领圣餐的人往前移动时，她也同费多霞同时向前移动。于是她看到了典狱长，看见了典狱长背后夹在看守中间的一个矮小的农民，长着淡褐色的头发，蓄着淡白胡子。这个人就是费多霞的丈夫。他正目不转睛地看着他的妻子。玛丝洛娃在唱赞美歌时，不断地打量着他，并同费多霞不停地嘀咕什么，直到大家画十字和跪拜时，她才也跟着大家做。

> **肖像描写** 突出展现了费多霞的丈夫的形象，也是一个农民的典型形象。

本节主要指出监狱教堂里的这种礼拜仪式是对耶稣的亵渎和嘲弄。在本节的开篇，作者便直接指出耶稣本人对教堂里所做的一切事情都是禁止的，这是作者对这种礼拜仪式的批判，也是对司祭、典狱长、看守等人自私、虚伪的揭露和对底层人民对美好生活的期盼。

## 佳词美句

声嘶力竭　毫无意义　连篇废话　心安理得　隐隐约约

参加礼拜的人，谁也没有想到，这里所做的一切乃是最严重的亵渎行为，这儿用基督的名义所做的一切正是对基督本人的嘲弄。

她在做礼拜的时候，也和别人一样，产生了一种既虔诚又厌烦的混杂心情。

玛丝洛娃在唱赞美歌时，不断地打量着他，并同费多霞不停地嘀咕什么，直到大家画十字和跪拜时，她才也跟着大家做。

## 阅读思考

1. 哪些行为是耶稣所禁止的？
2. 典狱长和看守们为什么笃信这种信仰？

# 三十二

第二天一大早，聂赫留朵夫就从家里出来，准备去监狱探视。

此时的街道上，左面半边路面照不到阳光，阴凉而潮湿，在中间干燥的路面上，沉重的载货马车不停地隆隆驶过；四轮轻便马车辘辘地行驶过去，公共马车不断发出叮当的铃声。四面八方，教堂钟楼里发出音调不同的钟声，当当作响，震得空气不断地颤动，召唤人们去参加类似当时在监狱里举行的礼拜。穿着漂亮衣服的人们纷纷向自己教区的教堂走去。

环境描写

为读者展现了当时街道上的风貌，使读者有身临其境之感。

聂赫留朵夫雇用的出租马车没有驶进监狱，而是在通向监狱的路口停住了。

在这个通往监狱的路口，离监狱大约一百步的地方，聚集着一些男人和女人，他们大多拿着包袱。右边有一些不高的木房子；左边是一幢二层楼房，楼前挂着一块什么招牌。监狱本身那座用石块和砖砌成的大厦就在前面，不准探监人走近。一个岗哨荷着枪前后来回走动，谁要从他身旁绕过去，他就严厉地叫住谁。

伏笔

展示了岗哨对探监人的粗暴和恐吓态度，为犯人在监狱里遭到非人对待埋下了伏笔。

右边一所木房子的小门旁边，即岗哨的对面，一个看守坐在长凳上，身穿镶丝绦的制服，拿着一个记事本。探监的人走到他的跟前，说出他想探望的人的姓名，他就记下来。聂赫留朵夫也走到他的跟前，报了叶卡捷琳娜·玛丝洛娃的姓名。看守也记下来。

“怎么还不让人进去呢？”聂赫留朵夫问。

“里面正在做礼拜。等做完礼拜，就放你们进去。”

聂赫留朵夫回到探监的人群里。从人群中走出一个人来，

衣衫褴褛，帽子也揉皱了，光脚上套一双破鞋，脸上布满一道道红色伤痕，他朝监狱走去。

“你往哪儿跑？”带枪的哨兵向他吆喝道。

“你嚷嚷什么呀？”衣衫褴褛的人没有被哨兵的吆喝吓倒，顶嘴说，然后走了回来，“你不放我进去，我就等着。何必叫喊，仿佛是个将军似的。”

人群中发出了赞许的笑声。探监的人大都穿得很寒酸，但其中也有一些衣冠楚楚的男人和女人。聂赫留朵夫旁边的一个男人，服饰讲究，胡子剃得光光的，体态丰盈，脸色红润，手里拿着包袱，看来是几件内衣。聂赫留朵夫问他是不是头一回来这里。拿着包袱的人说，他每个星期都来。于是他们就攀谈起来。原来这个穿得很好的人是一个银行的看门人，他是来探望他的兄弟的，他兄弟犯了伪造证券罪。这人和蔼可亲，把自己的身世全都告诉了聂赫留朵夫，也想问问聂赫留朵夫的情况，但这时来了一辆胶轮轻便马车，它由一匹高大的良种黑马拉着，车上坐着一个大学生和一个戴面纱的女人。于是大家的注意力便被吸引过去了。大学生双手抱着一大包东西，准备在这里施舍，他走到聂赫留朵夫的跟前，问他是否可以散发他的施舍品——白面包，是否要办什么手续。

“我这是按未婚妻的心意办。这是我的未婚妻。她的父母要我们把东西发给犯人。”

“我也是头一次来这里，也不知道。不过我认为您应当去问一下那个人。”聂赫留朵夫说着，指了指坐在右边拿着本子、穿着镶丝绦制服的看守。

就在聂赫留朵夫同大学生谈话的时候，那扇正中开有小窗洞的监狱大铁门打开了，从里面出来一个穿军服的军官和另一个看守。看守拿着一个小本本，宣布探监开始。哨兵闪开了。所有的探监人都争先恐后地涌向监狱大门，有的甚至跑步。

**外貌描写**

“衣衫褴褛”，“揉皱”的“帽子”，“破鞋”，都反映了人物生活的贫苦和艰难。“脸上布满一道道红色伤痕”则折射出此人受到了残酷的对待。

**叙述**

介绍了大学生来这里的目的，也给读者留下了一个疑问：探监的人那么多，为什么大学生要问聂赫留朵夫而不是其他人。

细节和动作描写

突出展现了看守们简单粗暴的清点人数方式。

门边站着的看守给进去的人点数，高声报道：“十六个，十七个……”监狱里面的另一个看守则用手拍着每一个进入第二道门的人，也在数着人数，为的是在探监人出来时，可以核对人数，不让一个探监者留在监狱里，也不让一个犯人跑出去。这个点数的人并不看走过去的人是谁，在聂赫留朵夫的背上也重重地拍了一下。起初看守的这一拍使聂赫留朵夫感到屈辱，但很快他就想起了他是为什么到这里来的，于是又为这种不满意和屈辱的心情感到害臊。

二道门后面的头一所房子是一个拱顶大房间，房间里有几个小窗口，上面装有铁栅栏。在这个被叫作“聚会室”的房间里，聂赫留朵夫全然没有料到，其壁龛里竟也有钉着耶稣的十字架巨像。

心理描写

聂赫留朵夫下意识的想法与前文监狱教堂里的礼拜相对应，再次突出耶稣是来拯救犯人，帮助犯人获取自由的，而不是囚禁犯人的。

“挂这像干什么？”他想。在他的下意识里，耶稣的形象是同自由人而不是同囚犯联系在一起的。

聂赫留朵夫慢慢地走着，让急于探监的人走到自己前面去。他百感交集，一方面害怕遇见关在这里的恶人，另一方面又同情像昨天那个小学徒和卡秋莎一类的无辜者。想到就要同卡秋莎见面，他不禁感到胆怯和高兴。他走出第一个房间的时候，一个看守告诉他应怎么走，但他只顾想心事，没有听见看守的话，继续随大溜行进，便走到男监狱那里去了，而不是到他要去的女监狱。

名师解读

专心想着心事的聂赫留朵夫走错了路，直接跑到了男监狱，从而体现了他内心的慌乱。

聂赫留朵夫让着急的人先进入探监室，自己最后一个进去。当他推开门，走进监狱里的犯人接见亲属的房间时，首先使他吃惊的是几百个嗓门汇成一片的、震耳欲聋的喧嚣声。直到他走过去，看见房间被一道铁丝网隔成两半，而人们像苍蝇落在糖上一样紧紧贴近铁丝网时，他才明白是怎么一回事。原来这个在后墙上开着几个窗洞的房间不是由一道铁丝网，而是由两道铁丝网隔成两半，铁丝网都是从天花板一直挂到地板上。铁丝网那边是囚犯，这边是探监的人，几个看守在这两道铁丝网之间来回巡视。两扇铁丝网之间有三俄尺（ ）[1]的距离。因此别说要递什么东西，就连看清对方的脸也不可能，特别是近视眼；说话也很困难，必须拼命叫嚷，才能使对方听见。两边的人都把脸贴在各自的铁丝网上：妻子、丈夫、父亲、母亲、孩子，大家都竭力要看清对方的脸，说出要说的话。但是，正因为每个人都想说得使对方听得见，旁边的人也希望这样，结果他们便相互干扰，每个人都想极力盖过别人的声音。这样就形成了一片大呼大叫的喧嚣声。聂赫留朵夫一踏进房间就被这种喧嚣声惊呆了。要听清楚他们说的话，根本不可能。只能从他们的面部表情去判断他们说什么，他们之间是什么关系。挨近聂赫留朵夫的是一个扎着小头巾的老太婆，她贴着铁丝网，下巴抖动着，正在对一个脸色苍白、剃了阴阳头的青年犯人大声说话。那犯人扬起眉毛，皱着眉头，用心地听着她说话。老太婆旁边是个穿农民外衣的青年，双手遮住耳朵边，在听一个面貌与他相似、脸色疲惫、胡子花白的男犯说话，不时摇摇头。再过去一点站着一个衣衫破烂的人，挥着一条胳膊，在嚷嚷什么，并笑了起来。他旁边的地板上坐着一个戴一块上等毛料头巾、怀里抱着婴儿的女人，在大声哭泣，显然她是头一回见到对面那个头发花白的男人穿着囚衣、剃了阴阳头并戴着脚镣。在这个女人的上方，就是那个同聂赫留朵夫谈过话的银行看门人，他用尽全身力气向对面一个头顶光秃、两眼明亮的男犯喊叫着。当聂赫留朵夫明白了自己要在这种条件下说话时，他对规定并实施这种办法的人产生了满腔的愤恨。他感到惊讶的是，这种可怕状况，这种对人类感情的嘲弄，竟没有使任何人感到屈辱。那些士兵也好，监狱长也好，探监人及犯

这里对男监探望室的情形进行了详细的描写。两扇三俄尺的铁丝网，隔在犯人和探监人之间，既不能给犯人递东西，又看不清对方的脸，就连说话都得拼命叫喊，这样毫无人性的探监室把监狱残暴的一面充分展现了出来。

动作描写

突出了监狱里的嘈杂和吵闹。

阅读笔记

① 三俄尺等于 2.13 米。

心理描写

突出了聂赫留朵夫无法接受探监室的情景。

人也好，都照这样办，似乎认为这样做是天经地义的。

聂赫留朵夫在这个房间里待了大约五分钟，心里感到一种奇怪的苦恼，感到自己无能为力，感到自己同整个世界无法协调，于是一种像晕船一样的恶心感控制了他。

## 精简点评

本节描写了聂赫留朵夫去监狱探望玛丝洛娃的途中的所见所闻，以及在监狱里看到的情景。聂赫留朵夫怀着百感交集的心情走进了探监室，却被探监室里的喧嚣声惊呆了：两道铁丝网把犯人和探监的人隔开，中间隔了三俄尺，两边的人必须大声喊叫才能使对方听清自己的声音。这使他感到愤恨，也让他感到了无奈。这种现象向读者展示了一个病态的社会和一群麻木的人，揭露了当政者的残暴、毫无人性。

## 佳词美句

岗哨　丝绦　攀谈　丰盈　衣冠楚楚

老太婆旁边是个穿农民外衣的青年，双手遮住耳朵边，在听一个面貌与他相似、脸色疲惫、胡子花白的男犯说话，不时摇摇头。

## 阅读思考

1. 大学生为什么会选择在监狱给犯人散发施舍品？
2. 银行的看门人来监狱探望谁？

# 三十三

“但是我到这里来是要办该办的事，”聂赫留朵夫激励自己说，“可是该怎么办呢？”

他对狱警说：“您能不能告诉我，先生，女犯关在什么地方？在什么地方才可以同她们见面？”他紧张又谦恭地问。

神态和语言描写

肖像突出了狱警的人物形象，语言则表现了聂赫留朵夫紧张而谦恭的态度。

这个长官就是副典狱长，他问聂赫留朵夫：“难道您要探望女监吗？您要见什么人？”

“是的，我想见一个关在这里的女人。”他紧张地答道。

“那么您要见什么人呢？”

“我要见叶卡捷琳娜·玛丝洛娃。”

“她是政治犯吗？”副典狱长问。

“不，她只不过是……”

“哦，她判决了吗？”

“是的，她前天判决了。”聂赫留朵夫恭顺地回答，生怕破坏这个似乎同情他的副典狱长的情绪。

神态描写

因为有求于狱警，聂赫留朵夫表现得有些过于恭顺，有一种害怕得罪狱警的感觉。

“既然您要探女监，那就请到这里来。”副典狱长说。显然他从聂赫留朵夫的外表上看出为他效劳是值得的。“西多罗夫，”他吩咐胸前挂着几个奖章、留小胡子的军士说，“把这位先生带到女监探望室去。”

这个军士是看守长，他回答说：“是，长官。”

看守长把聂赫留朵夫从男监探望室领到走廊里，随即打开对面的房门，又把他领进女监探望室。

聂赫留朵夫很快就在一群犯人之中，发现了玛丝洛娃。他的心怦怦直跳，气都快喘不过来了。决定性的关头已经近在眼前，他走到铁丝网旁边，认清了是她。她站在天蓝色眼睛的

神态和外貌描写

表现了此时的玛丝洛娃已经接受了关于自己的判决结果，不再那么惊恐和激动了。

费多霞的后面，笑吟吟地听她说话。她不像前天那样穿着囚袍，只穿着一件腰带紧束的白上衣，头巾里溜出一绺卷曲的黑发，就像那天在法庭上一样。

她根本没有想到这个男人是来找她的。

“您要找谁？”那个在铁丝网中间踱步的女看守走到聂赫留朵夫跟前问。

“叶卡捷琳娜·玛丝洛娃。”聂赫留朵夫好容易才说出口。

“玛丝洛娃，有人找你！”女看守叫道。

## 精简点评

这一节，聂赫留朵夫终于在监狱长和看守长的帮助下来到了女监。在女监探望室里，聂赫留朵夫见到了同男监一样喧闹的情景，也见到了没有人探望的玛丝洛娃。此时的玛丝洛娃，显然已经接受了被判苦役的现实，情绪已经变得相对稳定了。聂赫留朵夫在这个时候向玛丝洛娃摊牌，不知玛丝洛娃会做出什么反应？

## 佳词美句

激励　谦恭　撕裂人心　怦怦直跳

她站在天蓝色眼睛的费多霞的后面，笑吟吟地听她说话。

## 阅读思考

聂赫留朵夫在向狱警咨询女犯关在哪里时，心情如何？

# 三十四

玛丝洛娃转过身，抬起头，挺起胸部，带着聂赫留朵夫所熟悉的温顺表情，走到铁栅栏前，从两个女犯中间挤过来，惊讶地盯着聂赫留朵夫，但却没有认出他来。但是随着两人聊天的深入，玛丝洛娃也终于认出了这个向自己忏悔的男人。

她一动不动地站着，斜睨的目光盯住他不放。

动作和神态描写

反映出玛丝洛娃认出聂赫留朵夫时内心的震惊。

他再也说不下去了，就离开铁栅栏。副典狱长起了兴趣，听聂赫留朵夫说隔着铁栅栏谈话不便，就让女看守把玛丝洛娃带出来。几分钟后，玛丝洛娃踩着徐缓的步子再次走到聂赫留朵夫眼前站住，皱着眉头，不信任地看了他一眼。

阅读笔记

“可以在这里谈话。”副典狱长说完就走开了。

“我知道，要您饶恕我很困难，”聂赫留朵夫开口说，但又停住，觉得喉咙哽住了，“过去的事既已无法挽回，那么现在我愿尽最大的努力去做。不是有过一个孩子吗？”聂赫留朵夫感到脸红了。

“感谢上帝，她当时就死了。”她气愤地简单回答，转过眼睛不去看他。

“真的吗？是怎么死的？”

“我当时病了，差一点也死掉了。”玛丝洛娃说着，并没有抬起眼睛来。

“姑妈她们怎么会放您走的。”

“谁还会把一个怀孩子的用人留在家里呢？她们一发现这事，就把我赶出来了。说这些干什么呀！我什么都不记得，全都忘了，那事早完了。”

语言描写

体现了玛丝洛娃对之前的事的厌恶和逃避，她不愿再想起自己之前的不堪。

“不，没有完，我不能丢下你不管，哪怕到今天我也要赎

我的罪。”

“没有什么罪可赎的，过去的事都过去了，全完了。”玛丝洛娃说。接着，完全出乎他的意料，她忽然瞟了他一眼，又厌恶又妩媚又可怜地微微一笑。

玛丝洛娃怎么也没想到会看见他，特别是在此时此地，因此他出现的最初一刹那，她很震惊，不禁回想起从不回想的往事。她开始模模糊糊地想起那个充满感情和理想的新奇天地，这是那个热爱她并为她所热爱的迷人的青年给她打开的。但随后她想到了他那难以理解的残酷，想到了接二连三的屈辱和苦难，这都是紧接着那些醉人的幸福降临而产生的。如今，这个衣冠整洁、养尊处优、胡子上洒着香水的老爷，对她而言，已不是她所爱过的那个聂赫留朵夫，而是一个截然不同的人。那种人在需要的时候可以玩弄像她这样的女人，而像她这样的女人也总是要尽量从他们身上多弄到些好处。就因为这个缘故，她向他妩媚地笑了笑。她沉默了一会儿，考虑着怎样利用他弄到些好处。

名师解读

玛丝洛娃此时想的只是尽量从这些有钱人身上得到好处，因此她可以向聂赫留朵夫妩媚地笑，从而体现了玛丝洛娃的堕落。

“那事早就完了。”她说出这句悲痛的话，嘴唇都哆嗦了。

听到这里的聂赫留朵夫忍不住向她表达着自己的心意，他告诉玛丝洛娃，自己已为她请好了律师，准备救她出来。

玛丝洛娃听到这个男人的承诺后，不禁沉默了，随后她便又像刚才那样微微一笑。

“我想请求您……给些钱，要是您答应的话。不多……只要十个卢布就行。”她突然说。

“行，行。”聂赫留朵夫窘态毕露地说，伸手去掏皮夹子。

她急促地瞅了一眼正在屋里踱步的副典狱长。

“等他走开了再给，要不然他会拿走的。”

等副典狱长转过身去，聂赫留朵夫就掏出皮夹，但他还没来得及把十卢布钞票递给她，副典狱长又转过身来对着他们，他把钞票攥在手心里。

“这个女人的精神人格已经死了。”他心里想，同时望着这张原来亲切可爱、如今饱经风霜的浮肿的脸，以及那双妩媚的乌黑发亮的斜睨眼睛——这双眼睛紧盯着副典狱长和聂赫留朵夫那只紧捏着钞票的手，他的内心刹那间动摇了。

“您对这个女人已毫无办法，”诱惑者说，“您只会把一块石头吊在自己的脖子上，活活淹死。给她一些钱，把您现在身边的钱都给她，同她告别，从此一刀两断，岂不更好？”

> **心理描写**
> 这段对聂赫留朵夫内心那个诱惑者的观点做了描写，充分揭示了聂赫留朵夫内心所进行的激烈斗争。

但此时此刻他的灵魂只要稍稍施加一点力量，就会使天平朝这一边或那一边倾斜。他决定此刻把所有的话全向她说出来。

“卡秋莎！我来是要请求你的饶恕，可是你没有回答我。你是不是饶恕我，或者什么时候能饶恕我。”他说时，忽然对玛丝洛娃改称“你”了。

她没有听他说话，却一会儿瞧瞧他那只手，一会儿瞧瞧副典狱长。等副典狱长一转身，她连忙把手伸过去，抓住钞票，把它塞在腰带里。

> **细节和动作描写**
> 生动地描绘了玛丝洛娃从聂赫留朵夫手里拿钞票的画面。

“您的话真怪。”她鄙夷不屑地说。

聂赫留朵夫感到她身上有一种直接敌视他的东西，这种东西在维护着她现在的样子，不让他深入她的内心。但是，说来奇怪，这种东西不仅没有使他疏远她，反而变成一股特殊的新的力量使他去亲近她。他感到，他必须去唤醒她的心灵，也感到这非常困难，但是唯其困难才更吸引着他。他现在对她的感受是过去无论对她还是对别人都从来没有感觉过的，里面没有一点私人的东西：他对她没有任何要求，只希望她不要再像现在这个样子，希望她能清醒过来，能恢复过去的样子。

> **心理描写**
> 反映了聂赫留朵夫对玛丝洛娃的情感变化和期望。

“卡秋莎，你干吗这样说？要知道，我是了解你的，我记得以前你在巴诺沃的时候是什么样子……”

“何必提那些旧事。”她冷漠地说。

“我回忆这些是为了改正错误。卡秋莎。”聂赫留朵夫开了头，本来还想说要同她结婚。但接触到她的目光，发觉其中有一种粗野可怕、拒人于千里之外的神色，便不敢开口了。

“探望的时间结束了。”副典狱长走过来说。

“再见，我还有许多话要对您说，”聂赫留朵夫说着，对她伸出一只手去，“我还会来的。”

她伸过一只手去，但没有握他的手。

“不，我还要设法找个可以谈话的地方跟您见面。到时候我要告诉您非常重要的事。”聂赫留朵夫说。

“那您就来吧。”她又做出一种要讨男人喜欢的媚笑。

**神态描写**

“媚笑”展现了玛丝洛娃在聂赫留朵夫面前卖弄风情的神态。

“您对我来说，比姐妹还要亲。”聂赫留朵夫说。

“这话可真稀奇！”她反复说着“稀奇”这个词，接着摇摇头，向铁丝网的另一边走去。

## 精简点评

本节主要描写了时隔十年，聂赫留朵夫和玛丝洛娃在监狱里再次见面的情景。聂赫留朵夫来监狱探望玛丝洛娃，是来请求她的饶恕的。虽然他发现玛丝洛娃的精神已经死了，他也没有放弃，他想要拯救玛丝洛娃，希望她能恢复到过去的样子。

## 佳词美句

一动不动　模模糊糊

聂赫留朵夫感到她身上有一种直接敌视他的东西，这种东西在维护着她现在的样子，不让他深入她的内心。

1. 关于过去的事，玛丝洛娃真的都忘了吗？

2. 看到聂赫留朵夫，玛丝洛娃想到了什么？

# 三十五

探监回来后，聂赫留朵夫心情复杂，他以为卡秋莎见到他，知道他要为她出力并且感到悔恨，一定会高兴，一定会感动，一定又会恢复原来那个卡秋莎的面目。他万万没有料到，原来的那个卡秋莎已经不存在了，只剩下了一个现在的玛丝洛娃。每个人，为了要心安理得地做某事，都必须要把自己的活动看作重要的和有益的。因此，一个人，不管他的处境怎样，都必须对人生形成一种观点，这种观点使他觉得他的活动是最重要的和有益的。一般人都认为，小偷、凶手、间谍、妓女会承认自己的职业很坏，会为这种职业感到羞愧。情况却完全相反。由于命运的安排或自己造了孽而堕落到这种地位的人，不论这种地位是多么的不正当，他们对生活往往也会抱这样一种观点，仿佛他们的地位是上等的、正当的。为了保持这种观点，他们总是本能地依附于那些赞同他们对生活和所处地位的看法的人。当问题涉及小偷夸耀他们的机灵、妓女夸耀她们的淫荡、凶手夸耀他们的残忍时，这会使我们嗤之以鼻，感到惊讶。之所以会使我们惊讶，无非是因为这些人的生活圈子狭小，生活习气特殊，同时主要也因为我们是局外人。君不见，富翁夸耀他们的财富，也就是他们的巧取豪夺，军官夸耀他们

议论

这几句介绍了小偷、妓女、凶手等人对自己职业的观点：他们并不为自己的职业感到羞愧，反倒认为自己的地位是上等的、正当的，并通过依附赞同他们的人来保持这种观点。这是作者对这种病态社会现象的揭露，是对这种行为的嘲讽。

的胜利，也就是他们的血腥屠杀，统治者夸耀他们的威力，也就是他们的强暴残忍，这不也是同一类现象吗？我们看不出富翁、军官和统治者等歪曲了生活概念，也看不出他们为自己的地位辩护而颠倒善恶，这无非是因为这几类人的圈子比较大，人数比较多，而且我们自己也属于这个圈子罢了。

玛丝洛娃对自己的生活和自己在世界上的地位所抱的看法也就是这样形成的。她是一个妓女，被判决去服苦役。尽管这样，她也有自己的世界观。根据这种世界观，她可以自我赞赏，甚至在别人面前以自己的地位而自豪。

在十年的时间里，不论她在什么地方，她都看见，所有的男人，从聂赫留朵夫和老警察局长直至监狱的看守，都需要她。她还没有见过和没有发现过有不需要她的男人。因此，在她看来，整个世界无非是一伙好色之徒的渊薮，他们从四面八方窥伺着她，不择手段地用欺骗、暴力、金钱收买、狡猾伎俩等，极力想占有她。

总结

这里用一句话对玛丝洛娃的世界观做了总结，并揭露了有钱人想要占有她的伎俩和方法。

聂赫留朵夫同人们一起走到大门口时想道："我没有告诉她我要和她结婚。没有说，但我会这样做的。"

## 精简点评

本节主要描写了聂赫留朵夫第一次探视玛丝洛娃的复杂心情。和聂赫留朵夫所希望的不同，往日的卡秋莎已经不存在了，只剩下了玛丝洛娃。

## 佳词美句

夸耀　辩护　羞愧　堕落　心安理得　嗤之以鼻

他万万没有料到，原来的那个卡秋莎已经不存在了，只剩下了一个现在的玛丝洛娃。

阅读思考

1. 聂赫留朵夫以为卡秋莎见到自己时会有什么反应？

2. 玛丝洛娃的世界观是什么？

## 三十六

聂赫留朵夫本来想改变生活方式——退掉这座大住宅、解散用人、自己搬到旅馆去住……但是阿格拉费娜又竭力劝说他，没有任何理由在冬季以前改变生活方式，因为夏季谁也不会租大住宅，再说自己也总得有个地方居住和存放家具杂物。聂赫留朵夫想过学生般简朴生活的努力，全都成了泡影。

“玛丝洛娃的事还没有解决，暂时用不着改变生活方式，再说改变生活方式也实在困难。等她得到释放或者被流放，我也跟着她去，到那时生活方式也就自然改变了。”

心理描写 突出了聂赫留朵夫对改变生活方式的态度。

在同法纳林律师约定的那一天，聂赫留朵夫坐上马车去看他：“我是为玛丝洛娃的案子来的。”

“好，现在就来谈谈您提的案子……我已经仔细查阅了案卷，可是正如屠格涅夫说的，‘它的内容可不乐观’[①]，就是说，那个该死的律师糟透了，没有给上诉留下任何余地。”

“那您决定怎么办？”

“情况虽然很糟，没有充足的上诉理由，但试一试还是可以的。您看我写了这样一个状子。”

语言描写 反映出律师高超的谈话技巧。

---

① 引自屠格涅夫短篇小说《多余人的日记》。

名师解读

本段是律师提出撤销判决的第一个理由，这个理由显然对案件结果不会带来任何影响，因为宣读内脏检查报告本身就毫无意义。

接着法纳林就将他写好的状子，跳过那些枯燥的套话，向聂赫留朵夫宣读一遍。他一本正经地念道：

“谨呈刑事案上诉部，等等。上诉事由，等等。该案经某某判定，等等。已裁决，等等。某某玛丝洛娃犯有用毒药毒死商人斯梅里科夫罪。根据刑法第一四五四条，等等，判该犯服苦役，等等。”

“‘此项判决乃是严重违反诉讼程序以及诉讼上的种种错误所造成的’”，他郑重其事地继续念道，“‘理应予以撤销。第一，在开庭审讯中，斯梅里科夫的内脏检查报告刚开始宣读，就被庭长阻止。’这是一。”

“然后，‘第二，玛丝洛娃的辩护人，’”他继续念道，“‘在发言时有意说明玛丝洛娃的个人情况，谈及她堕落的内在原因，但被法庭阻止，理由是似乎这些话与案情无直接关系。然而，根据枢密院的多项指示，在刑事案件中，查明被告的性格以及一般精神面貌，具有首要的意义，至少有利于正确判断罪责问题。’这是第二。”他说完瞧一眼聂赫留朵夫。

“可是，他说得很糟，大家根本听不懂。”聂赫留朵夫说着，感到更惊讶了。

“那小子是十足的笨蛋，他当然说不出有什么道理的话来。”法纳林笑着说，“但毕竟也是个理由。好吧，再往下念。‘第三，庭长在总结发言中，违反了《刑事诉讼法》第八百零一条第一款的明确规定，没有向陪审员解释清楚，犯罪的概念是根据什么法律因素构成的。也没有告诉他们，即使他们裁定玛丝洛娃对斯梅里科夫下毒事实确凿，但由于她并非蓄意谋害，所以不能把她的这种行为看成有罪，从而也就不能裁定她犯有刑事罪。商人之死，对于玛丝洛娃来说，是出乎她意料之外的。只是一种过失，一时疏忽而已。’这是主要的一点。”

“最后，第四，”律师继续念道，“陪审员们对法庭所提出的关于玛丝洛娃犯罪问题的答复，在形式上有明显的矛盾。玛丝洛娃被控纯粹出于图财的目的而蓄意毒死斯梅里科夫，图财是她杀人的唯一动机。然而陪审员们在答复中否定她有掠夺钱财和参与盗窃贵重物品的目的。由此可见，他们本来就打算否定被告有谋害性命的意图，只是由于审判长总结发言的不完善，引起了误解，致使陪审员在答复中没有用适当的方式表明这一点，因此，对陪审员们的答复，无条件地要求援引《刑事诉讼法》第八百零六条和第八百零八条，即审判长应当向陪审员们解释他们所犯的错误，退回其答复，责成他们重新商议，对被告犯罪问题做出新的答复。

语言描写

这里对律师提出的第四条上诉理由做了详细的介绍，和前面三条相比，这条理由算是最专业的了。

"使法庭无权判定玛丝洛娃的刑事处分。对她的案子引用《刑事诉讼法》第七百七十一条第三款，是对我国刑事诉讼的基本原则的明显而严重的破坏。根据上述理由，谨呈请某某、某某根据《刑事诉讼法》第九百零九条、第九百一十条、第九百十二条第二款和第九百二十八条，等等，撤销原判，并且将本案移交该法院另组法庭重新审理。这样一来，凡所能做的，我们都已经做了。"法纳林又补充说，"不过恕我直言，成功的希望是很小的。但话要说回来，关键在于枢密院里审理这个案子的是哪些人。要是有熟人，您可以去一趟。"

语言描写

律师的这句补充话语非常耐人寻味，言下之意就是让聂赫留朵夫去奔走求人。

"我倒真有一些熟人。"

"那可得抓紧，要不他们都出去医治痔疮等小病痛，就得等上三个月了……嗯，万一不成功，还可以向皇上告御状，这也要靠幕后活动。这方面我也愿意为您效劳，不是指幕后活动，而是指写状子。"

语言描写

从律师的这句略带嘲讽的话语中，反映了枢密院那些官员的懒惰和不理政事的现象。

"谢谢您，那么您的酬劳……"

"我的助手会给您一份誊清的状子，他会对您说明的。"

"我还有一件事要向您请教。我得到一张检察官允许我到监狱探望这人的许可证，可是监狱官员对我说，要在规定日期

阅读笔记

和地点以外探监，还得经省长批准。真的需要这个手续吗？”

“我想是的，不过现在省长不在，由副省长管事。可他是个十足的笨蛋，您找他是什么事也办不成的。”

“您是说马斯连尼科夫吗？”

“是的。”

“我认识他。”聂赫留朵夫说着站起来告辞。聂赫留朵夫正打算走，可是律师的妻子凑近丈夫小声说了几句话，便立刻转身来对聂赫留朵夫说：“别见怪，公爵，我认得您，我想就不必介绍了。请赐驾光临我们的文学晨会。那是很有趣的。阿纳托里的朗诵好极了。”

这两人死乞白赖地邀请聂赫留朵夫参加他们的文学晨会，听他们朗读诗歌。聂赫留朵夫脸色忧郁而严肃，表示谢绝他们的邀请。

细节描写

按照律师助手的说法，律师之所以会接受这类案件，完全是看聂赫留朵夫的面子，一番话使“一千卢布”收得理所当然。

在接待室里，律师助手交给聂赫留朵夫一份抄好的状子。谈到报酬问题，他说阿纳托里·彼得罗维奇定了一千卢布，并且解释说他本来不接受这类案件，这次是看在聂赫留朵夫面上才办的。

“这个状子该怎样签署，由谁签名？”聂赫留朵夫问。

“可以由被告自己签名，但要是有困难，那么阿纳托里·彼得罗维奇也可以接受她的委托，由他出面签名。”

“不，我去一趟，叫她自己签个名。”聂赫留朵夫说。他因为能有机会在预定日期之前见到玛丝洛娃而感到高兴。

## 精简点评

本节描写了聂赫留朵夫的努力成为泡影，律师就玛丝洛娃的案子所写的状子的内容等几件事情。通过律师写的状子，玛丝洛娃的误判再次呈现在读者眼前，而且条理清晰、极富逻辑，让读者对案件的实情更加了解。本节有很多细节描写，如律师和商人的谈话、律师对枢密院里审理案件的人的调侃、玛丝洛娃的诉状的报酬……无一不揭示了这些人虚伪、贪图享乐、金钱至上的丑陋人性。

## 佳词美句

枯燥　事实确凿　一时疏忽

等她得到释放或者被流放，我也跟着她去，到那时生活方式也就自然改变了。

接着法纳林就将他写好的状子，跳过那些枯燥的套话，向聂赫留朵夫宣读一遍。

这两人死乞白赖地邀请聂赫留朵夫参加他们的文学晨会，听他们朗读诗歌。

## 阅读思考

为什么聂赫留朵夫改变生活方式、过学生般简朴生活的努力都成了泡影？

# 三十七

阅读笔记

叙述

为读者介绍了看守殴打犯人的原因，从而突出了看守的残忍和暴力。

今天喝茶的时候，各牢房的犯人有一个共同的话题，就是今天有两个男犯人要受到用树条抽打的惩罚，为了这件事，话语活跃，群情激愤。这两个受罚的男犯人当中，有一个是店员瓦西里耶夫，年纪很轻，文化程度不低，一时醋劲发作，杀死了自己的情妇，因而入狱。牢房里的犯人们都喜欢他，因为他乐观开朗，性情慷慨，对监狱里的长官态度强硬。他懂得法律，总是要求按法律办事。因此监狱长官不喜欢他。三个星期以前，有一个看守殴打了倒便桶的犯人，因为这个犯人把粪汁溅到了他的新制服上。瓦里西耶夫为其打抱不平，就被典狱长下令关进单人牢房里。

瓦西里耶夫说自己没有罪，所以不肯到单人牢房去。看守们要强拉他进去，他进行挣扎。典狱长接到公文，命令对两名主犯——瓦西里耶夫和流浪汉涅波姆尼亚希，各用树条抽打三十下。

“难道他造反了还是怎么的？”柯拉勃列娃谈论着瓦西里耶夫，“他只不过是替伙伴们打抱不平罢了。”

“听说，他是个挺好的人。”费多霞也说了一句。

“喏，你应当告诉他，米哈伊洛芙娜。”女道口看守员对玛丝洛娃说。这个“他”指的是聂赫留朵夫。

“我会说的。他为我什么都肯做。”玛丝洛娃回答说，微笑地晃晃脑袋。

女道口看守员开始讲一个很长的故事。女道口看守员的故事被楼上走廊里的说话声和脚步声打断了。女人们都静下来，留心听着。“他们抓人来了，这些魔鬼，”美人儿说，“他们就要把他们活活抽死。看守们可恨死他了，因为他总不肯向他们低头。”

响声沉寂了，女道口看守员继续讲故事。美人儿讲述谢格洛夫挨鞭子抽打时，如何一声不吭。后来费多霞收起了茶具；柯拉勃列娃和女道口看守员也做起了针线活；玛丝洛娃抱住双膝，在板床上坐着，感到烦闷。女看守就跑过来，叫她到办公室去，说有人要见她。

明肖娃老太婆对玛丝洛娃说：“你一定要把我们的事情告诉他。不是我们放的火，是坏蛋自己放的……我们却被关在牢里。”

“我一定去说。”

## 精简点评

本节主要介绍了两名犯人——瓦西里耶夫和流浪汉涅波姆尼亚希将要受到树枝抽打的惩罚的原因和女犯人之间的谈话。作者没有直接描写瓦西里耶夫和流浪汉涅波姆尼亚希被树条抽打的样子，却通过女道口看守员的故事表现出这些人的残暴。老太婆明肖娃希望玛丝洛娃把牢房里的事告诉聂赫留朵夫，并说出了自己的冤屈，揭示了当时社会的黑暗。

## 佳词美句

群情激愤　打抱不平　一声不吭

美人儿讲述谢格洛夫挨鞭子抽打时，如何一声不吭。

今天各牢房的犯人都在谈什么话题？

# 三十八

阅读笔记

为了上诉的事，聂赫留朵夫第二次探监。这一次，他在监狱的前屋里等了好久。聂赫留朵夫在办公室见到了典狱长，然而典狱长脸上的神态比他的部下更为慌张，不停地叹气。他一看见聂赫留朵夫，就转身对看守说："费多托夫，把五号女牢的玛丝洛娃带来。"

"这差使真苦。"他对聂赫留朵夫说着。

"我想是很苦的。"聂赫留朵夫说。

典狱长讲起不久前的一件事，几个男犯人打架，结果弄出人命来了。

这时，看守领着玛丝洛娃进来，把他的话打断了。

玛丝洛娃走到门口，聂赫留朵夫就已经看见她了。她脸色红红的，精神抖擞地跟着看守走来，摇头晃脑，不住地微笑着。她一看见典狱长，脸上现出惊惶的神色，但立刻镇定下来，大胆而快乐地向聂赫留朵夫打招呼。

"您好！"她拖长声音，脸上挂着微笑，使劲握了握他的手，这跟上次大不一样。

"喏，我给您带来了状子，请签个字。"聂赫留朵夫说。他对她今天见到他时表现出来的那副活泼样子感到有点奇怪。"律师写了个状子，您签个字，我们就把状子送到彼得堡去。"

"行，签个字也行。"她眯缝着一只眼睛，笑嘻嘻地说。

**语言和神态描写**

玛丝洛娃的语言中流露了一种无所谓的消极态度；神态则有一种想要奉承对方的感觉，这和她的身份及喝了酒的状态十分贴切。

聂赫留朵夫从口袋里掏出一张折好的纸，走到桌子旁边。

"可以在这里签字吗？"聂赫留朵夫问典狱长。

"你到这儿来，坐下。"典狱长说，"给你笔，识字吗？"

"以前识过。"她微笑着用她有力的小手笨拙地握住笔，瞟了聂赫留朵夫一眼。

他指给她签什么，在什么地方签。

她认真地蘸了一下墨水，抖抖水笔，写上了自己的名字。

“没有别的事了？”她问道，忽而望望聂赫留朵夫，忽而望望典狱长，随后把笔插在墨水缸里，接着又放在纸上。

“我有些话要跟您说。”聂赫留朵夫接过她手里的笔。

“好，您说吧。”她像是忽然想起了什么心事或者想睡觉，脸色变得严肃了。

典狱长站起来，走了出去，屋子里只剩下聂赫留朵夫和玛丝洛娃两个人。

动作描写

玛丝洛娃的行为展现了她内心的忐忑和矛盾，她其实害怕从对方那里得到肯定的回答，因为她自己有话要对聂赫留朵夫说，而自己又不好意思开口。

## 精简点评

本节主要讲述了聂赫留朵夫第二次探监时的所见所闻。为了让玛丝洛娃在状子上签字，聂赫留朵夫再次来到监狱探监。玛丝洛娃和聂赫留朵夫的第二次见面显得异常平静，毫无冲突，这不禁使读者更加好奇聂赫留朵夫会说些什么。

## 佳词美句

探监　慌张　严肃　笑嘻嘻

聂赫留朵夫便在办公室等到了典狱长，然而典狱长脸上的神态比他的部下更为慌张，不停地叹气。

## 阅读思考

典狱长因为什么事而叫苦不迭？

# 三十九

带玛丝洛娃来的看守坐在离桌子稍远一点的窗台上。她坐在桌子上的这一头，聂赫留朵夫坐在她对面的另一头。屋子里很明亮，聂赫留朵夫第一次在近距离看清楚她的脸——眼角和嘴边都已有皱纹，眼睛浮肿。于是他比以前更怜悯她了。

“要是这个状子不管用，那就去告御状。凡是办得到的事，我们都要去办。”

“唉，要是当初有个好律师就好了。”她打断他的话说，“我还有一件事要跟您说。我们那儿有个老婆子，人品挺好。大家甚至感到惊奇，这么好的老太婆，竟然也叫她坐牢，而且连她儿子也一起坐牢，可是大家都知道，他们是无罪的。好像有人控告他们放火，就被关起来了，知道吗，她听说我认识您，”玛丝洛娃说着，转动脑袋，不时地瞟他一眼，“就对我说，‘你告诉他，让他把我儿子叫出来，我儿子会把所有的事情都讲给他听。’他们姓明肖夫。怎么样，您肯做这件事吗？要知道，她真是个好老婆子，分明是受了冤枉。好人，您就给她帮个忙吧。”她说着，看了他一眼，垂下眼睛，微笑着。

名师解读

玛丝洛娃向聂赫留朵夫转达老太婆的请求，语气恳切，态度谦卑，这是她善良的人性的体现。虽然她说她不再信善了，可她的内心还是善良的，即便自己身陷囹圄，也依然会去怜悯、关心、帮助其他人，这说明她并不是堕落得无药可救，也暗示了她最终会走向复活。

“好的，我先去了解一下。”聂赫留朵夫说，对她的态度那么随便，越来越感到惊奇，“但我自己有事要跟您谈谈，您还记得我那次对您说的话吗？”

“您说了好多话，上次说了些什么呀？”玛丝洛娃一面说，一面不停地微笑，脑袋时而转向这边，时而扭向那边。

“我说过，我来是为了求您的饶恕。”聂赫留朵夫说。“我要拿出实际行动来，我决定跟您结婚。”

她的脸上突然出现了恐惧的神色。她的斜视眼发直了，像是瞧着他，又像没有瞧他。

“这又是为什么呀？”玛丝洛娃愤愤地皱起眉头说。

“我觉得我应该在上帝面前这样做。”

“怎么又弄出个上帝来了？咳，当初您要是记得上帝就好了。”她说了这些话，又张开嘴，但没有再说下去。

聂赫留朵夫现在才闻到她嘴里的强烈的酒味，才明白她为什么会如此激动。

“您安静点儿。”他说。

“我可用不着安静，”玛丝洛娃突然急急地说，脸涨得通红，“我是个苦役犯，是个……您是老爷、是公爵，你不用来跟我惹麻烦，免得辱没你的身份。还是找你那些公爵小姐去吧，我的价钱是一张红票子。”

“不管你说得怎样尖刻，也说不出我心里是什么滋味，”聂赫留朵夫浑身哆嗦，低声说。

名师解读

玛丝洛娃恶狠狠地谈及曾经那一百卢布，足以见得那笔钱给她的自尊心带来的伤害之大，以至于她现在都还觉得受到了侮辱。

“当初你塞给我一百卢布。瞧，这就是你出的价钱……”

“我知道，可如今我该怎么办呢？”聂赫留朵夫说。“如今我决定再也不离开你了，”他重复说，“我说到一定做到。”

“可我敢说，你做不到！”玛丝洛娃说着，大声笑起来。

“卡秋莎！”聂赫留朵夫一面说，一面摸摸她的手。

“你给我走开！”玛丝洛娃被彻底激怒了，她猛然站起来，向聂赫留朵夫吵嚷起来。

“你不相信我。”他说。

“您说您想结婚，这永远办不到，我宁可上吊！这就是我要对您说的。”

“我还是要为你出力。”

“哼，那是您的事，我什么也不需要，我对您说的是实话。”玛丝洛娃说，“唉，我当初为什么没死掉呀？”她说到这里伤心得痛哭起来。

语言描写

流露了聂赫留朵夫对玛丝洛娃的伤害之大及过往在玛丝洛娃心中留下的痛苦之深。

聂赫留朵夫也不能说下去了。她的哭使得他也要哭了。

过后，玛丝洛娃抬起眼睛，对他瞧了一眼，仿佛感到惊奇似的，接着用头巾擦擦脸颊上的眼泪。

这时看守走过来提醒他们该分手了，玛丝洛娃站了起来。

“您今天有点激动，我明天再来。”聂赫留朵夫说。

玛丝洛娃一句话也没有回答，也没有对他瞧一眼，就跟着看守走出去了。

“嘿，姑娘，这下子你可要走运了，”玛丝洛娃回到牢房里，柯拉勃列娃就对她说，“看样子，他被你迷住了。趁他来找你，你别错过机会。他会把你救出去的，有钱人什么事都有办法。”

“怎么样，我的事你提了没有？”那个老婆子问。

玛丝洛娃没有回答同伴们的话，却在板铺上躺下来。她那双斜睨的眼睛呆呆地望着墙角，就这样一直躺到傍晚。她的内心痛苦，聂赫留朵夫那番话使她回到了那个她无法理解而又对之满怀仇恨的世界。在那个世界里她受尽了折磨，并且已逃离出去了。现在她不能忘记过去的生活，而清醒地记着往事活下去又实在太痛苦了。傍晚，她就又买了些酒，跟同伴们一起痛饮起来。

细节描写

突出表现了玛丝洛娃对过往的态度，揭示了她根本没有忘记过往的事实，也解释了她为什么不愿去想过往的原因。

## 精简点评

本节主要描写了聂赫留朵夫和玛丝洛娃第二次见面的情景。在这一节中，聂赫留朵夫终于说出了第一次见面时没有说出的话：他打算跟玛丝洛娃结婚。在谈话的过程中，玛丝洛娃似乎一直心不在焉，一直在逃避自己和聂赫留朵夫的关系。因为她既对聂赫留朵夫怀恨在心，又为他感到不安。

## 佳词美句

皱纹　怜悯　饶恕　哆嗦

“您说了好多话，上次说了些什么呀？”玛丝洛娃一面说，一面不停地微笑，脑袋时而转向这边，时而扭向那边。

“怎么又弄出个上帝来了？咳，当初您要是记得上帝就好了。”她说了这些话，又张开嘴，但没有再说下去。

“哼，那是您的事，我什么也不需要，我对您说的是实话。”玛丝洛娃说，“唉，我当初为什么没死掉呀？”她说到这里伤心得痛哭起来。

## 阅读思考

1. 玛丝洛娃为什么会如此激动？
2. 玛丝洛娃是怎么看待聂赫留朵夫要跟她结婚这件事的？

# 四十

心理描写

聂赫留朵夫的心灵在这里受到了震撼，并得到了洗礼。他帮助玛丝洛娃的信念更加坚定了。

“唉，真没想到会弄得这么糟。”聂赫留朵夫一边想，一边走出监狱。直到现在，他才了解自己的全部罪孽，才看到自己怎样摧残了这个女人的心灵。

在正门出口，一个看守走近聂赫留朵夫，此人胸前戴满十字架和奖章，一副令人厌恶的曲意奉承的面容，诡秘地递给聂赫留朵夫一个便函。

“这是一个女人写给您公爵大人的短信……”他说着，递给聂赫留朵夫一个信封。

“哪个女人？”

“您看一下就知道了。一个遭监禁的女人，女政治犯。我奉命监管她们。于是她一再央求我。即使这是违禁的，但秉着人的善良本性……”看守不自然地说。

信上写道：

“我听说，您在查访这所监狱，对其中一个刑事罪犯很感兴趣，因此我想和您见一面。请您去求监狱官吏准许您和我见面。如果他们批准您的请求，我将转告您许多重要的事情，既有关于您所庇护的那个人的，也有关于我们的小组的，感谢您的薇拉·波戈杜霍芙斯卡雅。”

细节描写

突出展现了聂赫留朵夫曾经也很善良，很乐意帮助别人。

薇拉·波戈杜霍芙斯卡雅原先是诺夫哥罗德省一个偏僻的地方的女教员。某次，聂赫留朵夫和他的同伴们坐车到那儿去猎熊。这个女教员趁机向聂赫留朵夫诉苦，求他施舍一笔钱，使她能实现到城市读培训班的梦想。聂赫留朵夫当时二话不说，就给了她一笔钱，也很快将她忘却。可现在这位女士突然成了政治犯，落到这所监狱里来了，她在这儿自然听到了他生活中的事情，所以自荐愿意为他服务。当时打发掉这个女子既容易又简单，而现在怎样对待这名女政治犯可是一件复杂而棘手的事。聂赫留朵夫生动而欢快地回忆起当年自己和波戈杜霍芙斯卡雅认识的经过。这是谢肉节[①]前某天，在一个森林的深处，离铁路线有六十俄里远。这次狩猎是圆满的，杀死了两只大熊，大家一起欢宴了一番。正准备驾车离去，他们曾停留过的一个木房的主人来了，对他们说，有一个教堂执事的女儿想见聂赫留朵夫公爵。

**插叙** 详细地介绍了聂赫留朵夫认识波戈杜霍芙斯卡雅的时间、地点及他当时所做的事件。

“长得好看吗？”有谁问道。

“啊，得了！”聂赫留朵夫摆出一副严肃的面孔说，从桌旁站起，擦净嘴唇，心里感到好奇：一个教堂执事的女儿需要他干什么？他进入了这家农舍。

房间里有一个姑娘，头戴毡帽，身穿小皮外套，瘦骨伶仃，一张瘦削的脸不算美丽，但她那双带着两道竖眉的眼睛还是挺动人的。

**外貌描写** 生动地刻画了薇拉·波戈杜霍芙斯卡雅的形象，使读者对薇拉的形象有了印象。

“这就是薇拉·波戈杜霍芙斯卡雅，同他谈话吧，这是公爵本人，我走啦。”作为女主人的一个老太婆说。

“我能为您做些什么事呢？”

“我……我……您要明白，您是位富豪，挥金如土，将大把钱财花在打猎等无用的事情上面，这我理解，”姑娘羞答答地启齿说，“而我希望的仅仅一件事：我想给民众做点有益的事情，同时我什么也不能做，因为我什么也不懂。”

她一双眼睛是诚实的、良善的，全部表情和决心以及不好意思开口都令人感动，以致聂赫留朵夫依据他往常为人的习惯，顿时设身处地替她着想，理解她，并产生了怜香惜玉之心。

**细节描写** 聂赫留朵夫能从薇拉的眼神、表情、决心及话语等细节中去设身处地地为她着想，这是他本性善良的体现。

“我能做些什么呢？”

“我是一名女教师，想去上培训班深造，可条件不许可，

① 大斋前一星期。

不是乡亲们阻拦我，他们倒让我去，但这需要有一笔钱。给我一笔钱吧，我上完培训班就偿还给您。我想，富人猎杀熊，男人们酗酒，干的都是坏事，为什么他们不做善事，我仅仅需要八十卢布，您不给我，也无所谓。”她愤愤不平地说。

“和您料想的相反，我十分感谢您，您给了我一次机会……我马上取来。”聂赫留朵夫说。

他走出来，在穿堂里遇到一个同伴，那人在偷听他们的谈话。他不理睬同伴的玩笑话，从钱包里取出钱给了她。

“好的，好的，您不必感谢我。我应当感谢您。”

现在他十分惬意地回忆起这件事的全部经过。他愉快地想起，当时他几乎和一个军官发生争吵，因为这个人打算将这件事炮制成桃色事件，另外一个同伴替他辩护，这件事促使他后来和这个同伴成了莫逆之交。他还想起这次狩猎是如此幸运和快乐，当他们趁着夜色回归到原来的铁路车站时，他的身心是多么欢愉。一队双套马的雪橇无声息地鱼贯前进，马儿在森林中的狭路上用快碎步小跑前进，。在黑暗中，有个红光一闪一闪，这是某人在吸着气味很香的烟卷。一个围猎者，踩着深到膝部的雪，从一个雪橇跑到另一个雪橇，他的声音已变得嘶哑，当他的位置和你齐平的时候，他就向你讲述眼下在深雪中行走、啃着白杨树皮的驼鹿，还讲到此刻躺在密密的森林深处的窝里的熊，它们在通气孔旁呼出温暖的粗气。

**心理描写**

通过描述聂赫留朵夫对帮助薇拉这件事时的愉悦心情，突出展现了他愿意帮助别人，并喜欢与人为善的善良本质。

聂赫留朵夫记起这一切，记起那种胜过一切的幸福的感情，和对自己的健康、力量和无忧无虑的意识。人们都感到轻松，紧裹着短皮大衣，呼吸着严寒的空气，从以弧线擦过的树枝上掉下来的雪落在人脸上，全身温暖，容光焕发，心中既没有操切，也没有自责，也没有恐惧，也没有愿望。那是多么好啊！而现在呢，天哪，一切都是如此痛苦和艰难。

很明显，薇拉·波戈杜霍芙斯卡雅成了一个女革命者，眼下因从事革命事业进了监狱。应当与她会面，特别是她应允为改善玛丝洛娃的境况提供建议。

本节主要描写了两件事：一是聂赫留朵夫在监狱和玛丝洛娃见第二次面后，才发现自己以往罪孽深重，以及自己对玛丝洛娃的伤害程度之深，内心极度自责；二是看守诡秘地递给聂赫留朵夫一个便函，这是一封来自政治犯薇拉的便函。他回忆起和薇拉认识的过程，回忆起以前健康、充满力量和无忧无虑的意识，尤其是他资助薇拉上培训班的慷慨和善良，充分展现了他善良、乐于助人的本性。虽然周围的环境使聂赫留朵夫逐渐丧失了自我，但现在他对以往善良、美好事情的回忆，是他慢慢找回自我，逐渐恢复善良的体现，这是他善良的内心正在复活。

佳词美句

炮制　欢愉　雪橇

在正门出口，一个看守走近聂赫留朵夫，此人胸前戴满十字架和奖章，一副令人厌恶的曲意奉承的面容，诡秘地递给聂赫留朵夫一个便函。

简述聂赫留朵夫和薇拉认识的经过。

# 四十一

阅读笔记

第二天早晨，聂赫留朵夫怀着强烈的责任感走出家门，乘车去找玛斯连尼科夫，要求准许他到牢房探望玛丝洛娃，此外，他还想要求探望薇拉。聂赫留朵夫在团里服役的时候就认识玛斯连尼科夫。聂赫留朵夫发现，他现在已当上了行政长官，所管辖的已不是一个团，而是一个省和省政府。

玛斯连尼科夫一看见聂赫留朵夫就满面笑容。"啊，你来了，真是太感谢了，省里的事由我管。"他说着，露出掩饰不住的得意神色。

"我有事找你。"

"什么事啊？"

"监狱里有一个人我很关心，并很想探望她，要多探望几次——听说这事要由你决定。"

"行，老弟，我随时准备为你效劳，"玛斯连尼科夫说着，双手摸摸聂赫留朵夫的膝盖，仿佛要表示自己平易近人，"这可以，不过你也看到了，我只是个临时皇帝。"

"那么你能给我开一张证明，让我同她见面吗？"

"你说的是一个女人？"

"那么，你请的律师是哪一个？"

"我找过法纳林。"

"嗨，法纳林！"玛斯连尼科夫皱着眉头说，"我劝你别跟他打交道，法纳林是个名誉扫地的人。"

接着，聂赫留朵夫请他开一张特别通行证，使他随时可以和玛丝洛娃以及另一个女政治犯薇拉见面。本来，政治犯只允许和家属见面，不能和其他人见面，但玛斯连尼科夫还是给予通融，准其所请。

玛斯连尼科夫走到桌子跟前，在一张印有头衔的信纸上写道："准许来人聂赫留朵夫公爵在监狱办公室会见在押小市民玛丝洛娃及医士薇拉，请洽办。"他写完信，又以潦草的字迹签了名。

聂赫留朵夫乘车赶到监狱，到了典狱长家里。典狱长走进来，脸上现出惊讶和阴郁的神色。

"请问有何见教？"他一面说，一面扣上制服中间的纽扣。

"我刚才去找了副省长，这是许可证，"聂赫留朵夫把证件交给他，"我想看看玛丝洛娃。"

"玛丝洛娃今天不便会客。"典狱长说。

"为什么？"

"没什么，这得怪您自己不好。"典狱长微微地笑着说。

"公爵，您不要把钱直接交给她。要是您乐意，可以交给我，她的钱还是属于她的。您昨天一定给了她钱，她弄到了酒。今天她喝得烂醉，醉得发酒疯了。"

"真的吗？"

"真的，我只好采取严厉措施，把她搬到另一间牢房里。这女人本来倒安分守己，您今后再别给她钱了。"

虽然见不到玛丝洛娃，聂赫留朵夫仍请求见见薇拉和被控犯了纵火罪的母子俩，这儿子的名字叫明肖夫。

典狱长同意满足他的请求，特意派副典狱长陪同他到牢房里去，会见纵火犯明肖夫。明肖夫是个高个子年轻人，他向聂赫留朵夫说出了自己的冤情：他婚后不久，一个酒店老板就夺去了他的妻子，他去该酒店说理，不但找不到妻子，反而被一批恶棍打得头破血流。第二天，酒店老板的院子起火，明肖夫连同他的母亲被控放火，其实他当时在教父家里，根本不可能放火。酒店老板刚刚保了火险，为了贪图保险费，自己放

**叙述**

描述了聂赫留朵夫对玛斯连尼科夫的具体请求，同时指出了政治犯只能和家属见面的规定。

**语言描写**

体现了典狱长对聂赫留朵夫到来感到厌烦与惊讶。

**语言和神态描写**

典狱长微笑着责怪聂赫留朵夫，很有礼貌地指出聂赫留朵夫不应该给玛丝洛娃钱，流露出典狱长对聂赫留朵夫的尊重和奉承。

的火，还把放火的罪名硬栽在他们母子头上。

聂赫留朵夫好言好语安慰明肖夫，说一定给他想办法出狱。接着，聂赫留朵夫又遇见了一批囚犯，大约有一百三十个人，他们什么罪也没有，只因为身份证过期了，被关在这儿。聂赫留朵夫很同情他们的遭遇。

最后，聂赫留朵夫见到了薇拉。她步履蹒跚地走进监狱办公室，和聂赫留朵夫见面。

聂赫留朵夫见原本健康活泼的薇拉落到如此地步，十分同情，便询问她的经历。她述说道：她从小读书识礼，在乡下当教员，自从得到聂赫留朵夫的慷慨资助后，她就进了助产学校，毕业后，就接近十分激进的民意党，参加他们的活动。开始一切都顺利，写传单，到工厂里宣传。但后来一个重要人物被捕，搜出了文件，抓了许多人，最后她也落入了监狱，现在被判处流放西伯利亚。她说着自己的遭遇。

叙述

详细地交代了薇拉的经历。

薇拉请求聂赫留朵夫出力帮忙的是这样一件事：她有一个女性朋友叫舒斯托娃，据她说并不属于她们的小组，五个月前跟她一起被捕，关在彼得保罗要塞，只因为在她家里搜出别人交给她保管的书和文件。薇拉认为舒斯托娃被囚禁，自己要负一部分责任，因此请求有广泛人际关系的聂赫留朵夫设法把她保释出狱。薇拉求聂赫留朵夫的另一件事，是设法替关押在彼得保罗要塞的古尔凯维奇说个情，让他同父母见一次面，并且弄到必要的参考书，使他可以在狱中进行学术研究。

叙述

交代了薇拉请求聂赫留朵夫出力帮忙的两件事：一是想办法保释舒斯托娃；二是为关押在彼得保罗要塞的古尔凯维奇说情。

聂赫留朵夫答应回到彼得堡以后努力去办。

薇拉也说了关于玛丝洛娃的事。她知道监狱里的一切事情，也知道玛丝洛娃的身世和聂赫留朵夫同她的关系。她劝聂赫留朵夫为她说情，把她转移到政治犯牢房，或者至少让她到医院里去当一名护士。聂赫留朵夫表示谢谢她的好意。

引出下文

为后文玛丝洛娃被调到监狱医院做准备。

探监的时间到了，聂赫留朵夫起身向薇拉告别。典狱长说，如果聂赫留朵夫要见玛丝洛娃，可以明天再来。

“太好了。”聂赫留朵夫说着就急急地走了出去。

## 精简点评

本节主要讲述了四件事：一是聂赫留朵夫去找行政长官玛斯连尼科夫，请他帮忙开一张特别通行证；二是拿着特别通行证的聂赫留朵夫到监狱请求看看玛丝洛娃；三是聂赫留朵夫会见了纵火犯明肖夫；四是聂赫留朵夫会见了政治犯薇拉。在聂赫留朵夫会见明肖夫和薇拉的过程中，他的责任感已经开始复活了，他开始去同情并帮助他人，这对他来说，是一个非常大的进步。

## 佳词美句

通融　洽办　潦草　平易近人　安分守己　头破血流

接着，聂赫留朵夫又遇见了一批囚犯，大约有一百三十个人，他们什么罪也没有，只因为身份证过期了，被关在这儿。

## 阅读思考

1. 聂赫留朵夫为什么没有见到玛丝洛娃？
2. 酒店老板的院子为什么起火？

# 四十二

名师解读

聂赫留朵夫再次放下身段来求玛斯连尼科夫：一是为玛丝洛娃的事，这是因为他要赎罪；二是为他根本不认识的一百三十名囚犯因身份证过期而坐牢的事，这完全是他自愿的。这都突出了聂赫留朵夫心地的善良和能屈能伸的高尚品质。

第二天，聂赫留朵夫去找律师，把明肖夫母子的案件讲给他听，要求替他们辩护。在律师答应之后，聂赫留朵夫还向律师讲了那一百三十个人因身份证过期冤枉坐牢的事，并问他这事该由谁负责，是谁的过错。律师表示这种事情属于整个社会的弊端，是制度的问题，并不是找某个人能解决得了的。

聂赫留朵夫与律师告别，坐车去见玛斯连尼科夫。

聂赫留朵夫有两件事要求玛斯连尼科夫：一件是把玛丝洛娃调到医院去，一件是解决那一百三十名囚犯身份证过期而坐牢的事。

聂赫留朵夫乘车来到玛斯连尼科夫家才想起今天正好是玛斯连尼科夫夫人会客的日子。他在停在门口的马车当中认出了柯察金家的四轮马车。聂赫留朵夫到达这一家的公馆时，正逢上玛斯连尼科夫亲自送一位显要的军界客人出门，这位大人物见聂赫留朵夫来了，就热情招呼说："啊，聂赫留朵夫，您好！怎么好久没见到您了？您去向女主人问个好吧。柯察金一家也来了，还有许多贵族名流，高朋满座，特别是全市的美人都来了，仙姿玉色，目不暇接。"他一面说，一面让听差给他穿上军大衣，就坐上豪华的马车走了。

名师解读

大人物见到聂赫留朵夫的时候马上热情地招呼起来，体现了聂赫留朵夫的地位之高。

"好，我们上楼去吧。"玛斯连尼科夫对聂赫留朵夫说。

玛斯连尼科夫一面陪着聂赫留朵夫穿过大厅，一面对一个听差说："去向夫人通报一声，说聂赫留朵夫公爵来了。"

副省长夫人安娜·伊格纳季耶夫娜这时坐在长沙发上，夹在许多客人的脑袋当中，笑容满面地向聂赫留朵夫点头，说道："您到底来了，您怎么不愿意跟我们来往了？我们哪方面得罪您了？”她又招呼柯察金公爵家的小姐米西说：“米西，请到这边来。”又对聂赫留朵夫说：“公爵，您要茶吗？”

米西戴着帽子，身上那件深色条纹连衣裙紧裹着那苗条的腰肢，没有一点皱褶，仿佛她生下来就穿着这样的衣裳，显得十分美丽。她一看见聂赫留朵夫，脸就红了。但是他们并没有过多的交流便不欢而散。

华丽的衣裳、苗条的腰肢等都衬托了米西的美丽。

阅读笔记

聂赫留朵夫向玛斯连尼科夫请求，将玛丝洛娃调到医院去工作，然后还向他说明了监狱里一百三十个人仅仅因为身份证过期便被关押的事情，但都没有得到肯定的答复。

但是在聂赫留朵夫走访玛斯连尼科夫后的第二天，就收到他的来信。玛斯连尼科夫在一张印有官衔、打有火漆印的光滑厚信纸上字迹奔放地写道，关于把玛丝洛娃调到医院一事他已写信给医生，估计可以如愿以偿。信末署名是“爱你的老同事，玛斯连尼科夫”。

在法庭审判以后，特别是在第一次探望卡秋莎以后，他曾体会到一种获得新生的庄严而愉悦的心情。如今这种心情已一去不返，代替它的是最近一次会面后产生的恐惧甚至厌恶的情绪。他决定不再抛弃她，也没有改变同她结婚的决心，只要她愿意的话，然而现在这件事的确使他感到痛苦和烦恼。

在走访玛斯连尼科夫后的第二天，他又坐车到监狱去看她。

叙述

通过时间上的表述，写出了聂赫留朵夫对玛丝洛娃的事情的看重。

典狱长准许他同她会面，但不在监狱办公室，也不在律师办事室，而是在女监探望室里。典狱长虽然心地善良，但这次对待聂赫留朵夫的态度不如上次热情。聂赫留朵夫同玛斯连尼科夫的两次谈话显然产生了不良后果，上级指示典狱长对这个探监人要特别警惕。

“见面是可以的，”典狱长说，“只是有关钱的事，请您务必接受我的要求……至于阁下写信提出要把她调到医院里去，那是可以的，医生也同意了。只是她自己不愿意，她说：‘要我去给那些病鬼倒便壶，我才不干呢……’您瞧，公爵，她们那帮人就是这样的。”他补充说。

聂赫留朵夫什么也没回答，只要求进去探望。典狱长派了一个看守带他去。玛丝洛娃已经在那里了，她从铁栅栏后面走出来，模样文静而羞怯。她走到聂赫留朵夫跟前，眼睛不看他，低声说：“请您原谅我，德米特里·伊凡诺维奇，前天我话说得不好。”

对比

展现了玛丝洛娃对聂赫留朵夫态度的变化。

“不过您还是离开我的好。”玛丝洛娃补充说，用可怕的目光斜睨了他一眼。

“究竟为什么我得离开您呢？”

“我对您说的是实话。您把您那套想法丢掉吧。”她嘴唇哆嗦地说，接着沉默了一下，“我这是实话，要不我宁可上吊。”

“卡秋莎，我原先怎么说，现在还是怎么说，”他特别认真地说，“我求你同我结婚。要是你不愿意，现在不愿意，那么我继续跟着你。你被发送到哪里，我也跟到哪里。”

语言描写

表达了聂赫留朵夫不再抛弃玛丝洛娃的坚定决心。

“那是您的事，我没有别的话要说了。”她说完，嘴唇又哆嗦起来。

聂赫留朵夫也不作声，觉得说不下去了。

“我现在先到乡下去一下，然后上彼得堡，”他终于镇定下来说，“我将为您的事……为我们的事去奔走。他们会撤销原判的。”

“不撤销也没有关系，我就算不为这事，也该为别的事受这个罪……”玛丝洛娃说。他看见她好不容易才忍住眼泪。

随后，聂赫留朵夫把从明肖夫那儿打听到的情况都告诉了他，然后问她还需要什么，她回答说什么也不需要。

他们又沉默了。

“哦，至于医院的事，”她忽然用斜睨的眼睛瞅了他一眼，说，“要是您要我去，那我就去，我也不再喝酒了……”

聂赫留朵夫默默地瞧了瞧她的眼睛，她的眼睛在微笑。

“那很好。”他只能说出这样一句话来，说完就同她告别了。

“她简直换了一个人了。”聂赫留朵夫想。玛丝洛娃在同聂赫留朵夫见面以后，回到臭气熏天的牢房里，脱下囚袍，坐到铺上，两手支住膝盖，静静地回忆着刚才她与聂赫留朵夫的对话，她想自己还是不能太依赖他。

展现了玛丝洛娃已经在慢慢接受聂赫留朵夫，并愿意为他而改变。

## 精简点评

聂赫留朵夫主动为那一百三十名囚犯的事奔波，还为了玛丝洛娃的事而参加了玛斯连尼科夫夫人举办的会客盛会，见米西，这些都是聂赫留朵夫为他人而牺牲自己的表现。在玛丝洛娃这件事上，他明明产生了恐惧甚至厌恶的情绪，却依然不愿意抛弃她，而愿意同她结婚，并去监狱里看她，可见他越来越有责任心了。在聂赫留朵夫的坚持下，玛丝洛娃也在慢慢发生改变，对聂赫留朵夫的态度也在悄悄转变，她对调去医院这件事的看法就足以证明她对聂赫留朵夫的态度变得和缓了。

## 佳词美句

辩护　弊端　官衔　高朋满座　笑容满面

玛丝洛娃已经在那里了，她从铁栅栏后面走出来，模样文静而羞怯。

聂赫留朵夫默默地瞧了瞧她的眼睛，她的眼睛在微笑。

## 考

1. 律师认为那一百三十个人因为身份证过期而坐牢的事是谁的过错?

2. 聂赫留朵夫因为什么事去见玛斯连尼科夫?

3. 玛斯连尼科夫在写给聂赫留朵夫的信件末尾署名什么?

# 第二部

# 一

铺垫

交代了律师已经预测到玛丝洛娃案子在枢密院上诉的结果，为最终上诉被驳回做了铺垫。

玛丝洛娃的案子可能过两个星期后由枢密院审理。在这之前，聂赫留朵夫打算先上彼得堡，万一在枢密院败诉，那就听从律师的主意，去告御状。那个律师认为，这次上诉可能毫无结果，必须有所准备，因为上诉理由不够充足。这样，玛丝洛娃就可能随同一批苦役犯在六月初出发。聂赫留朵夫既已决定跟随玛丝洛娃去西伯利亚，在出发以前得做好准备，现在就需要先下乡一次，把那里的事情安排妥当。

聂赫留朵夫首先乘火车到最近的库兹明斯科耶去，他在那里拥有一大片地产，也是他收入的主要来源。最近，他一直思考土地私有制的不合理，认为自己应当将土地还给农民。现在，虽然他不久就将去西伯利亚，而且为了处理监狱里的各种麻烦问题都需要花钱。他却不能再维持残酷剥削农民现状，而一定要加以改变，宁可自己吃亏。他决定自己不再经营土地，而是以低廉的租金出租给农民，使他们完全不必依赖地主。

叙述

德国管家贪婪地利用聂赫留朵夫的土地捞钱，还用这些钱买了一些地产，自己做了地主，这样的社会现实揭示了生活在底层的农民，不仅遭受地主阶级的奴役，还要受到管家的剥削。

聂赫留朵夫在中午时分到达库兹明斯科耶，在火车站雇了一辆双驾四轮马车。从驾车的车夫口中，他知道他雇用的德国管家利用他的土地捞的钱多得吓死人，据说他还利用捞的钱买了一份好地产，自己当起地主来了。

聂赫留朵夫心里想，以往这德国人怎样管理他的庄园，怎样揩他的油，他都毫不在乎。但这个车夫的话更加使他打定主意，不再经营农庄，而把全部土地分给农民。

聂赫留朵夫抵达自己的庄园后，就着手处理事务。第二天一早他便召集了附近的农民，向他们宣布自己的计划，并跟农民商定出租土地的租金。

但是农民们对于聂赫留朵夫所说的将全部的土地都交付给他们的事情，却表示深深的疑惑和不解，当然在这群农民心中更多的是不可置信。

最后通过一番交谈后，农民们了解了聂赫留朵夫的意图，并与他商定了价格。

聂赫留朵夫的愿望和计划都实现了：农民得到了土地，付的租金比附近一带要低三成。他自己从土地上所得的收入几乎减少了一半，可农民们还不满足，而是指望更多的好处。

**叙述** 面对聂赫留朵夫所说的要将土地全部交付给他们，农民们表示不可置信。因为在他们眼里，贵族只会剥削和压迫他们。

## 精简点评

本节引出了一个社会问题：土地私有制是否合理。从车夫的话中，我们可以得知农民不仅要遭到地主的剥削，还要承受管家的压榨，这是农民一直生活在底层、无法过上好生活的根本原因，是农民被剥削、被压制的体现，是土地私有制的不合理之处，这种现象值得人们反思。

## 佳词美句

败诉　妥当　依赖　毫无结果　不可置信

聂赫留朵夫的愿望和计划都实现了：农民得到了土地，付的租金比附近一带要低三成。

为了不再维持残酷剥削农民现状，聂赫留朵夫决定怎么做？

# 二

阅读笔记

神态描写

体现了管家对聂赫留朵夫的尊敬。

聂赫留朵夫来到两位姑妈让他继承的庄园，也就是他认识卡秋莎的地方。他很希望像在库兹明斯科耶那样处理这里的地产，此外他还想尽量打听一下卡秋莎的事，以及他们孩子的情况。那个孩子是不是真的死了？他是怎么死的？他一早就来到了姑妈们的庄园所在地巴诺沃。他的马车驶进庄园，使他触目惊心的首先是全部建筑物特别是正房那种衰败荒凉的景象。原来的绿铁皮屋顶，好久没有油漆过，已锈得发红，还有几块铁皮卷了边，多半是被暴风雨掀起的。前门廊和后门廊都已朽烂倒塌，只剩下梁架。唯独花园没有衰败，更加葱茏繁茂，百花争妍，从墙外就可以看见樱花、苹果花和李子花盛开，仿佛天上的浮云。

管家是个没有毕业的神学校学生，他笑吟吟地在院子里边迎接聂赫留朵夫。

他向管家询问了卡秋莎姨妈家的具体位置，并且吩咐他通知附近的农户过来开会，他要同他们谈谈土地的事情。

他打算也像在库兹明斯科耶那样，在这里同农民们处理好事情，而且最好今天晚上就办好。

聂赫留朵夫走出大门，遇见一个手里抱着一只大公鸡的农家姑娘，她放下公鸡，向聂赫留朵夫鞠躬。接着又碰见一个挑着一担水桶的驼背老太婆，老太婆见到公爵东家，立刻放下沉甸甸的水桶，恭敬地向他鞠躬。

后来，路上出现了两个赤脚男孩。一个年纪大些，穿白衬衫；一个较小的，穿一件窄小的粉红衬衫。

“您到哪儿去？”穿白衬衫的男孩问他。

“去找玛特廖娜，”聂赫留朵夫说，“你们认识她吗？”

“认识，她很老了，”年纪大些的男孩回答说，“她住在村子尽头。我们带你去，走，费吉卡，我们带他去。”

费吉卡同意了，他们三人就一起沿着街道往坡上走。

一路上，聂赫留朵夫向男孩们打听这附近谁家最穷，男孩们说最穷的要数米哈伊拉家，还有谢苗·玛卡罗夫家，此外，寡妇阿尼霞家里三口人，连母牛也没有一头，穷得讨饭吃；还有玛尔法家，更穷得要命，她的丈夫去年夏天在东家树林里砍了两棵小桦树，就被送去坐牢，至今关了五个多月了。玛尔法只好到处要饭，以养活三个孩子和一个害病的婆婆。

“那么，玛特廖娜呢，她穷吗？”聂赫留朵夫问。这时他们已走近玛特廖娜的小屋。

“她穷什么？她在卖酒。”穿粉红衬衫的瘦男孩回答。

聂赫留朵夫走到玛特廖娜的小屋跟前，把两个带路的孩子打发走，自己走进门廊，又来到屋子里。玛特廖娜老婆子的小屋只有六俄尺长，要是高个子躺在炉子后面的床上，就无法伸直身子。聂赫留朵夫心里想：“也许卡秋莎就是在这张床上生了孩子，后来又害了病的。”玛特廖娜的整个小屋被一架织布机几乎占满，老婆子和她的孙女正在修理织布机。聂赫留朵夫进门时，头在门楣上撞了一下，另外两个孩子紧跟着东家冲进小屋，小手抓住门框，站在他后面。

“你找谁？”老婆子因织布机出了毛病，心里很不高兴，怒气冲冲地问。同时，因为她贩卖私酒，见了陌生人就害怕。

“我是地主，我想跟您谈谈。”

老婆子不吭声，仔细对他瞧了瞧，脸色顿时变了。

“哎呀，我的好人呀，我这个傻瓜可没认出你来呀，”玛特廖娜装出亲热的口气说，“哎哟，我的好老爷呀……”

“我想跟您单独谈谈，最好不要有外人在场。”聂赫留朵夫

**语言描写**

体现了男孩的天真无邪和对人热情的性格特征。

**细节和心理描写**

细节描写主要展现了玛特廖娜老婆子的小屋的环境，而心理描写体现了聂赫留朵夫对玛丝洛娃的愧疚。

**神态和语言描写**

当认出是聂赫留朵夫时，玛特廖娜的脸色立刻发生了变化，而且说话的口气也变了，表现了她灵活、快速的反应能力，这跟她贩卖私酒的行为有很大的联系。

望着打开的门说。门口站着几个孩子，孩子后面站着一个瘦女人，她手里抱着一个脸色苍白的娃娃。

“有什么好看的，我来让你们知道厉害，把拐杖给我！”老婆子对站在门口的人嚷道，“把门关上，听见没有！”

孩子们都走了，抱娃娃的女人把房门关上。

“我正在琢磨，这是谁来了？原来是老爷，是我们的金子宝贝，百看不厌的美男子！是好老爷，是恩人，是养活我们的好人。你可得原谅我这老糊涂，是我瞎了眼了。”

语言描写

玛特廖娜这番话，全是对聂赫留朵夫的阿谀和奉承，是她为了生存贩卖私酒所学会的一种虚伪能力。

“我是来向你打听一件事的。你还记得卡秋莎·玛丝洛娃吗？”

“叶卡捷琳娜吗？怎么不记得，她是我的外甥女……怎么不记得，我为了她流过多少眼泪！”

“我想打听一下那孩子的情况，她不是在您这儿生了个孩子吗？那孩子在哪儿？”

“当年为了那娃娃我费了不少心思，我的好老爷。她那时病得厉害，我料想她再也起不了床了，就照规矩给孩子受了洗礼，把他送到育婴堂。好在还有几个钱，就打发人把他送去了。”

语言描写

揭示了把孩子送到育婴堂的原因。

阅读笔记

“有登记号码吗？”

“号码是有的，可当时就死了。她说刚一送到，他就死了。”

“她是谁？”

“就是住在斯科罗德诺耶村的那个女人，她专干这个行当。她叫玛拉尼雅，但现在死了。”

“后来怎么样？”

“后来，叶卡捷琳娜的娃娃就这么被送走了。她在家里面把他养了两个礼拜，那娃娃在她家里就害病了。”

“那娃娃长得好看吗？”聂赫留朵夫问。

“好看极了，再也找不着比他更好看的娃娃了，长得跟你一模一样。”老太婆一只眼睛眨了眨说。

从老太婆的这段话中，可以看到孩子死亡的根本原因：被饿死的。

“他怎么会这样弱？多半是喂得很差吧？”

“哪里谈得上喂！只不过做做样子罢了。这也难怪，又不是自己的孩子，只要送到的时候活着就行。那女人说刚把他送到莫斯科，他就断气了。她连证明都带回来了，手续齐备。”

关于他的孩子，聂赫留朵夫就只打听到这些。

## 精简点评

聂赫留朵夫来到了两位姑妈的庄园，但是庄园早已衰败荒凉，曾经的卡秋莎早已不在这里，物是人非。在聂赫留朵夫去打听自己的孩子的消息的途中，他看到了抱着大公鸡的农家姑娘、挑着水的驼背老太婆、赤着脚的小男孩；听到了最穷人家到处讨饭维持生计的现状以及自己刚出生的孩子的悲惨命运。

## 佳词美句

朽烂　衰败荒凉　百花争妍　怒气冲冲　一模一样

唯独花园没有衰败，更加葱茏繁茂，百花争妍，从墙外就可以看见樱花、苹果花和李子花盛开，仿佛天上的浮云。

1. 两位姑妈的庄园如今是一幅什么样的景象？
2. 聂赫留朵夫在去找玛特廖娜的路上都遇到了哪些人？

# 三

聂赫留朵夫从玛特廖娜家里出来，又遇见了刚才给他领路的那两个孩子，孩子身后有一个瘦女人，手里抱着一个面无血色的娃娃。他就向孩子们打听这个女人是什么人。

“这就是我对你说过的阿尼霞。”年纪较大的男孩说。

聂赫留朵夫转过身去对阿尼霞说话。

“你过得怎么样？”他问，“你靠什么养家活口？”

“靠什么？要饭。”阿尼霞说着哭起来。

聂赫留朵夫把他钱夹里所有的六十卢布的零票子统统散发出去，心里万分难过地走回家去。

管家笑眯眯地迎接他，告诉他农民将在傍晚集合。

太阳落下，农民们都集合在村长的院子里，人声鼎沸。

聂赫留朵夫开始讲话，他向农民们宣布，不种地的人不应当占有土地，因此，他打算把土地都交给他们。土地的收入应该由种地的人平分，因此他建议他们接受土地，同时付出一笔钱作为公积金，这笔公积金今后仍归他们享用。而放弃了土地的聂赫留朵夫今后就没有任何收入了。

起初农民们以为这是东家的诡计，不愿表态。并且这些农民迅速分成了两派：一派认为东家的建议对他们有利，没有危险；另一派认为其中有诈，但不知道诈在哪里，因此疑虑重重。他们互相争论，试图说服彼此。不过到第三天，大家都同意了东家的建议。

叙述

写出了农民们对东家建议的思考。

本节主要讲述了聂赫留朵夫把自己在巴诺沃所拥有的土地全部交给农民的故事。

## 佳词美句

诡计　面无血色　人声鼎沸　疑虑重重

聂赫留朵夫把他钱夹里所有的六十卢布的零票子统统散发出去，心里万分难过地走回家去。

起初农民们以为这是东家的诡计，不愿表态。并且这些农民迅速分成了两派：一派认为东家的建议对他们有利，没有危险；另一派认为其中有诈，但不知道诈在哪里，因此疑虑重重。他们互相争论，彼此说服。

听到聂赫留朵夫关于土地的讲话，全村农民持什么态度？

# 四

聂赫留朵夫于次日一早离开，在监狱附近随便找了一所简陋、肮脏的带家具的公寓，要了两个房间，并吩咐仆人把他从家里挑出来的东西搬到这里，自己就去找律师了。

谈到明肖夫母子一案，律师说："我查对了案卷，发现明肖夫母子一案完全是冤案，连一点罪证也没有。这是副检察官粗心大意弄出来的。这个案子只要在本市审讯，我愿为他们辩护，担保会赢，分文不取。"

律师还谈到了费多霞的案子，说这也是一桩冤案，他已经替费多霞写了一份呈给皇帝的诉状。他嘱咐聂赫留朵夫说："如果您到彼得堡去，您就自己把这份诉状带去，亲自往上递，再托一下人情。要不然司法部很快会把诉状驳回，弄得事情一无结果。您要设法托一托地位最高的人才行。"

告别律师后，聂赫留朵夫便去探监。他所在的地方离监狱很远，时间已不早了，聂赫留朵夫就雇了一辆马车，到了监狱大门口拉了拉铃，并向出来开门的看守说明要见玛丝洛娃。看守告诉他玛丝洛娃在医院里。于是，聂赫留朵夫去到医院，向看门人说明了事情，随后被领到候诊室等待。

不久，玛丝洛娃来了。她穿着一件条纹连衣裙，外面系着白围裙，头上扎着一块三角巾，盖住了头发。她一看见聂赫留朵夫，脸唰地红起来，踏着走廊里的长地毯快步向他走来。她走到聂赫留朵夫跟前，本不想同他握手，但后来还是向他伸出手，而脸涨得越发红了。自从上次他们谈话时，她发了脾气又道了歉以后，聂赫留朵夫还没有见过她，他料想她今天的心情出现了一种新的表情——拘谨羞怯，而且聂赫留朵夫觉得她对

阅读笔记

**动作和神态描写**

突出展现了玛丝洛娃身心的变化，此时的她已经开始复活了。

他很反感。他告诉她自己将去彼得堡，并且把装着他从巴诺沃带来的照片的信封交给她。“这是我在巴诺沃找到的，一张很旧的照片，说不定您会喜欢。”

她扬起黑眉毛，用那双斜睨的眼睛惊奇地瞅了瞅，仿佛在问这是为什么，然后默默地接过信封，把它插在围裙里。

**神态和动作描写**

流露出玛丝洛娃对聂赫留朵夫态度的转变——她其实已经不那么愤恨、反感他了。

“我在那里看到了您的姨妈。”聂赫留朵夫说。

“看到了？”她冷冷地说

“您在这儿好吗？”聂赫留朵夫问。

“没什么，挺好。”她说。

“我很替您高兴，总比那边好一些。”

“‘那边’指什么地方？”她问，顿时脸上泛起了红晕。

“那边就是牢里。”聂赫留朵夫赶快回答。

“那边好人多得很。”她说。

“明肖夫母子的事我奔走过了，但愿他们能得到释放。”聂赫留朵夫说，“我今天要上彼得堡去，您的案子很快就会受理，希望能撤销原判。”

“撤销也好，不撤销也好，如今对我都一样。”她说。

“我不知道为什么对您都一样，”他说，“不过对我来说，您无罪释放也好，不释放也好，我都将照我说过的话去做。”

**语言描写**

体现了聂赫留朵夫想要拯救玛丝洛娃的信念之坚定。

“您何必说这种话呢！”她说。

“我说这话是要让您明白我的心意。”

“这事您已经说够了，用不着再说了。”

病房里不知为什么喧闹起来，传来孩子的哭声。

“他们好像在叫我。”她不安地回头望望。

“好吧，再见了。”他说。

她假装没有看见他伸出手来，没有跟他握手就转过身，沿着走廊的长地毯快步走去。

这个白天，当房间里没有人时，玛丝洛娃几次从信封里取

**阅读笔记**

出照片欣赏。晚上下班以后，她回到与另一个助理护士合住的房间里，才把照片从信封里取出来，含情脉脉、一动不动地仔细察看着照片上的那几个人。她看得专心致志，连那个跟她同住的助理护士走进屋子时，都没有发觉。

“这是什么？是他给你的吗？”身体肥胖、心地善良的助理护士弯下腰来看照片，“难道这是你吗？”

“不是我又是谁？”玛丝洛娃笑吟吟地瞧着同伴的脸说。

“那么这是谁？就是他？这是他母亲吗？”

“是姑妈，难道你认不出来？”玛丝洛娃问。

“怎么认得出来？一辈子也认不出来。整个模样都变了，我看离现在都有十年了吧！”

“不是十年，是一辈子。”玛丝洛娃说。她的活泼模样顿时消失，脸色变得阴郁，眉毛之间凹进去一条皱纹。

**细节描写**

玛丝洛娃仔细欣赏照片的细节，充分流露出她还爱着聂赫留朵夫。

**语言和神态描写**

通过描写玛丝洛娃语言和神态，点出她知道自己再也回不到过去，表现了她的悲伤和无奈。

聂赫留朵夫离开自己的寓所，搬到了监狱附近的公寓，以及他与律师的会面，最后便是他和玛丝洛娃的再次相见。从玛丝洛娃的表情上可以看出，她对聂赫留朵夫的态度发生了改变，也不像之前见面时那么悲观了。这不仅仅是因为聂赫留朵夫是玛丝洛娃第一个爱上的人，还因为玛丝洛娃从聂赫留朵夫那里感受到真诚和关怀。玛丝洛娃对聂赫留朵夫带来的照片的喜爱，则是她逐渐接受过去、内心恢复宁静、慢慢复活的表现。

佳词美句

简陋　拘谨　辩护　粗心大意

她穿着一件条纹连衣裙，外面系着白围裙，头上扎着一块三角巾，盖住了头发。

阅读思考

1. 律师为什么要让聂赫留朵夫设法托一托地位最高的人？

2. 关于聂赫留朵夫此次探监，玛丝洛娃对他的态度发生了哪些变化？

# 五

阅读笔记

聂赫留朵夫在彼得堡有三件事要办——向枢密院提出上诉，要求重新审查玛丝洛娃案；把费多霞的诉状提交上诉委员会；受薇拉之托到宪兵司令部或第三厅去要求释放一些政治犯，如舒斯托娃等，并让一个做母亲的同关在要塞的儿子古尔凯维奇见面。聂赫留朵夫来到彼得堡，住在姨妈察尔斯基伯爵夫人家里，他的姨父做过大臣。姨妈等他一到立刻请他喝咖啡，主动询问起他与玛丝洛娃之间的故事。在聂赫留朵夫将他们之间的故事全都讲完后，他才说起自己此番前来的目的：

“她现在被判服苦役了，我就是来替她奔走，要求撤销这个判决的。这是我来求您的第一件事。”

“原来如此！那么她的案子归哪里管呢？”

“枢密院。”

“枢密院吗？对了，我那个亲爱的表弟廖伏什卡就在枢密院，不过他是在那儿当承宣官。至于真正的枢密官我可一个也不认识。好吧，我对丈夫说一下就是了。”

“还有一件牵涉要塞的事。”

“要塞吗？行，我可以给你写封信，你拿着信到那儿去见克里格斯穆特男爵。你在那儿要办什么事？”

“我请求他们许可一个母亲去探望她那关在要塞里的儿子。但我听说这事不归克里格斯穆特管，归切尔维扬斯基管。”

“切尔维扬斯基我也熟，他是我的好友玛丽爱特的丈夫。倒不妨托一托她，她会给我出力的。她是个挺可爱的人。”

“另外我还要为一个名叫舒斯托娃的女士请托你。她在监狱里关了好几个月，谁也不知道那是为了什么。”

这时候，一个身材很高、肩膀宽阔的将军走进房间里来。这就是察尔斯基伯爵夫人的丈夫，一位退了休的大臣。他跟聂赫留朵夫亲切地问好，之后妻子便告知了他聂赫留朵夫的来意。将军于是将聂赫留朵夫带到客厅的房间去谈。当聂赫留朵夫刚走进客厅旁边的房间时，姨妈又叫住他：“要给玛丽爱特写信吗？”

“劳驾写一封吧，姨妈。”

“那么我就在信纸上留一个空白，你可以把那个剪短发的女人的事写上，玛丽爱特会交代她丈夫去办的，他会照办的。你别以为我很坏。你所庇护的那些人都很可恶，可是我不希望她们遭罪。让上帝保佑她们吧！”

察尔斯基伯爵听完以后，答应为聂赫留朵夫写两封信，其中一封是给上诉部枢密官沃尔夫的。伯爵说沃尔夫是个正派人。

察尔斯基伯爵交给聂赫留朵夫的另一封信，是写给上诉委员会里一个有势力的人物的。

伯爵对聂赫留朵夫所说的费多霞一案很感兴趣，当聂赫留朵夫告诉他，打算把这个案子写个呈文给皇后时，伯爵也

**语言描写**

从这几句人物对话中，足以证实姨妈的交友广泛。

**名师解读**

伯爵之所以对费多霞的案子感兴趣，其实是想要通过这个动人的故事去巴结皇后，是出于对自己的利益考虑的。所以，上流人士并不关心下层人的案子是不是冤案，他们在乎的是这个案子能为自己带来什么利益，这是他们自私、卑劣的表现。

说这的确是一件很动人的事，有机会时，他可以在那边提提这件事，但还不能说定。上诉的程序还是按手续办为妥。

聂赫留朵夫拿到伯爵写的两封信和姨妈写给玛丽爱特的信，立刻就到那几个地方去了。他先去找玛丽爱特。聂赫留朵夫认识她的时候，她还是个并不富裕的贵族家庭的少女，后来她嫁给了一个官运亨通的人。关于这个人，他听到过一些不好的议论，主要是说他对千百名政治犯残酷无情，说他是一个折磨政治犯的专家。聂赫留朵夫为了帮助被压迫者，不得不与这些压迫者握手言欢，称兄道弟，向他们求情。

阅读笔记

马车载着他来到河滨玛丽爱特住的房子跟前。

聂赫留朵夫被值班的勤务兵挡驾，无法进入这房子。他拿出伯爵夫人的信和名片也不济事。勤务兵说："将军夫人不会客，她现在要出门。"聂赫留朵夫正打算离开，玛丽爱特从楼上下来了，她真的要坐车出去。她的装扮雍容华贵，头戴一顶插有羽毛的大帽子，身穿黑色连衣裙。她一看见聂赫留朵夫，就撩起面纱疑惑地对他瞅了一眼，认出他来了。"啊，德米特里·伊凡诺维奇公爵！"她用愉快动听的声音叫道，"我应该认得您……"

外貌描写

扑面而来的是贵族的华贵气息。

"怎么，您连我的称呼都还记得吗？"

"可不是，我跟我妹妹当年还爱上了您呢。"她用法语说，"唉，您的模样可变多了，当年的英俊荡然无存。可惜我现在要出去，要到卡敏斯卡雅家去参加丧事礼拜，她伤心透了。"

"卡敏斯卡雅是谁呀？"

"难道您没听说吗？她的儿子在决斗中被人打死了。他跟波森决斗，又是独生子，真是可怕，他母亲伤心死了。"

"是的，我听说了。"

"我不能陪您了，我还是去一下好，您明天或者今天晚上来吧。"她一面说，一面向大门走去。

"要知道，我有事找您。"他说。

"什么事呀？"

"这是我姨妈的信，信上讲的就是那件事，"聂赫留朵夫说，递给她上面印有很大花体姓氏字母的长信封，"您看了信就明白了。"

"我知道，察尔斯基伯爵夫人以为我在公事上可以左右丈夫。她错了，我无能为力。不过，为了伯爵夫人和您，我可以破一次例。那么，究竟是什么事？"

**语言描写**

玛丽爱特先阐明自己无法左右丈夫的事实，然后又说破例帮聂赫留朵夫，这其实是一种欲擒故纵的手段，是为了让聂赫留朵夫对自己产生愧疚。

"有个姑娘被关在要塞里，可是她有病，吃了冤枉官司。"

"她姓什么？"

"舒斯托娃。全称莉吉娅·舒斯托娃，信上写了。"

"好吧，我去试试。"她轻盈地跳上挡泥板在阳光下闪闪发亮的皮座弹簧马车，打开了阳伞。

"您明天或者今天晚上务必要来，但不光是为了办您那些事。"她说着嫣然一笑，"好，我们走吧。"又用阳伞碰碰车夫。

本节主要描写了聂赫留朵夫去彼得堡为办事而奔波求人的情景。聂赫留朵夫为了玛丝洛娃、费多霞的案子和薇拉的委托来到了彼得堡，住在了姨妈家，再次进入与他格格不入的贵族社会。从聂赫留朵夫姑妈广阔的交际圈中，我们可以发现上层社会的人际关系的复杂性，而这些不同领域的人相互来往，早已形成了一股强大的力量，正是这种力量使底层人受到压制、剥削和排挤。

## 佳词美句

庇护　官运亨通　雍容华贵　荡然无存

一个身材很高、肩膀宽阔的将军走进房间里来。这就是察尔斯基伯爵夫人的丈夫，一位退了休的大臣。他跟聂赫留朵夫亲切地问好，之后妻子便告知了他聂赫留朵夫的来意。

她的装扮雍容华贵，头戴一顶插有羽毛的大帽子，身穿黑色连衣裙，外披黑斗篷，手戴崭新的黑手套，脸上遮着面纱。

## 阅读思考

1. 聂赫留朵夫在彼得堡要办哪些事情？
2. 聂赫留朵夫为什么要住在姨妈家？

# 六

聂赫留朵夫去了枢密院办公室，在那富丽堂皇的大房间里，看见许多衣冠楚楚、彬彬有礼的文官。那些文官告诉聂赫留朵夫，玛丝洛娃的上诉书已收到，并交给枢密官沃尔夫审查和呈报，聂赫留朵夫姨父的信正好就是写给他的。

“枢密院本星期要开庭审案，玛丝洛娃一案未必能在这次审理。但要是托一下人，本星期三开庭时也可能审理。”一个文官说。

名师解读

聂赫留朵夫想要去做一件事，律师让他去走动走动，文官又告诉他去托人，这种找关系托人的不良风气在当时的社会上显然是常见的。而对无权无势的底层人来说，想要办成一件事是非常困难的。

聂赫留朵夫从容不迫地从枢密院办公室出来，乘车到上诉委员会去拜访权力很大的沃罗比约夫男爵，门房和听差都毫不客气地对聂赫留朵夫说，除了会客日之外都见不到男爵，今天他在皇上那里，明天还要进宫去禀报。

聂赫留朵夫把信留下，又坐上车到枢密官沃尔夫家去。沃尔夫刚吃过早饭，他接见了聂赫留朵夫。沃尔夫为人的确十分正派，他把这个品德看得高于一切，并根据这个标准看待一切人。全凭它才如愿以偿地获得高官厚禄，也就是说通过结婚而获得一笔财产，使他每年有一万八千卢布收入，又靠自己的勤奋当上了枢密官。

反语

作者在这里用反语的形式，对沃尔夫的为人、社会地位、收入等做了描写，揭示了他虚伪、无能的面目。

沃尔夫带着亲切而又嘲弄的微笑着读了聂赫留朵夫带来的信，向聂赫留朵夫表示自己会尽快按照他的意思处理这件事，但是他们在这件案子是否可以重新审判的问题上产生了争议。聂赫留朵夫向沃尔夫告辞，回到姨母家。

晚餐时，他们谈及那场决斗。聂赫留朵夫根据他最近在监狱的访问，拿这个杀人的军官和监狱里的一个年轻的农民杀人犯加以对比，两个人都是在气头上杀人，那个农民从此告别

对比

同样是杀人，军官和农民的遭遇却是截然不同的，这个细节充分揭露了法律是为有钱有权的人制定的。

了一家老小，要在西伯利亚终身服苦役，而这个军官此刻在禁闭室吃菜喝酒，杀人血迹未干，就会被放出来，又过上原先的优裕生活，从此更使人敬畏。他认为，这种“刑不上大夫”的规约要不得。姨母开始同意外甥的话，过后又沉默了。于是聂赫留朵夫觉得，他这番话在这儿讲是不合时宜的。

之后，聂赫留朵夫回了自己的房间。

本节主要讲述了聂赫留朵夫为了玛丝洛娃的案件来回奔走的事情。通过聂赫留朵夫的所见所感，我们能发现在当时的社会中，法律是为有权有钱的上层人士制定的，用来惩罚底层百姓的工具。读之让人心惊。

佳词美句

审查　优裕　衣冠楚楚　彬彬有礼

他被领到办公室，在那富丽堂皇的大房间里，看见许多衣冠楚楚、彬彬有礼的文官。

1. 聂赫留朵夫为什么没有见到沃罗比约夫男爵？
2. 你认为沃尔夫是个什么样的人？

# 七

第二天，聂赫留朵夫刚穿好衣服，准备下楼时，姨母家的听差给他送来了莫斯科律师法纳林的名片。原来法纳林为自己的事到彼得堡来了，如果玛丝洛娃的案子在枢密院能很快地审理的话，他也打算出庭。聂赫留朵夫和法纳林见面后，就告诉他玛丝洛娃的案子在星期三开庭，据估计，参加会审的枢密官可能有沃尔夫、斯科沃罗德尼科夫、贝老头等。

律师法纳林分析参审的枢密官的阵营说：他们正好是三种类型的枢密官，沃尔夫是彼得堡的一个官僚，斯科沃罗德尼科夫是一个有学问的法学家，贝老头是一个务实的法学家，他是其中最有生气的一个。希望主要寄托在他身上。

“上诉委员会那边的情况怎样呢？”律师说。

聂赫留朵夫答道：“我昨天去了沃罗比约夫男爵家，此人是上诉委员会最有权势的官员，可惜他昨天不在家，进宫见沙皇去了。今天我又得去拜访他。”

聂赫留朵夫出发之前，一个听差在前厅把玛丽爱特的一封信交到他手里，信上写着：“为了让您满意，我不惜违反了自己的原则，在丈夫面前替您庇护的人说了情。此人可能很快获释。我丈夫已经给要塞司令官写了信。请您大放宽心。那么您就潇潇洒洒地来看我吧，我等着您光临。玛丽爱特。”

聂赫留朵夫不看则已，看了之后，不禁心生憎恶，感叹到法律果然是为上层人士服务的。

随后，法纳林律师用自己雇的车将聂赫留朵夫送到了该男爵的豪华府邸前。

聂赫留朵夫通报姓名后，便顺利地见到了男爵。

名师解读

律师法纳林的到来，一下子使玛丝洛娃的案子变得紧迫起来，从而也为读者留下了疑问：律师是为了聂赫留朵夫来彼得堡呢，还是为了帮助玛丝洛娃而来？

阅读笔记

外貌和神态描写

塑造了一个手握大权的官员虚伪的形象。

男爵是一个中等身材的壮实的男子，头发剪得很短，穿着礼服，坐在大写字台后面的圈椅里，眼睛快活地望着前方。他一看见聂赫留朵夫，脸上便显出亲切的微笑。

“见到您很高兴，我跟您母亲早就认识，而且是老朋友了，您小的时候我就见过您，后来您做了军官我也见过。好，请坐吧，您说一说，我哪方面能为您效劳。”他一面听聂赫留朵夫讲费多霞的事，一面摇摇他剪短了头发的花白的头说，“您说吧，说吧，我全听懂了。这确实很令人感动，您已经提出上诉了？”

“我已写好上诉书，”聂赫留朵夫说，从口袋里取出上诉书来，“不过，我想拜托您，希望您能对这个案子特别关照一下。”

语言描写

流露了男爵对费多霞的案子感兴趣的真正原因——这个案子很动人，可以去向皇上奏明。

“您做得很好。我一定亲自去向皇上奏明这个案子，”男爵说，脸上的表情却一点也不像有怜悯的样子，“这个案子很动人。显然，她还是个孩子，丈夫对她很粗暴，使她很厌恶，但过一段时间，他们又相爱了……是的，我会去奏明沙皇的。”

“察尔斯基伯爵说，他要禀告皇后。”

聂赫留朵夫还没说完这句话，男爵的脸色就变了，他不希望谁事先不和他商量或不通过他就向皇上启奏。

细节描写

男爵态度的突然改变，显然是因为察尔斯基伯爵侵犯了他的权益。

“您把上诉书送到办公室去吧，我将尽力而为。”他以冷漠的口气对聂赫留朵夫说，再不提面禀皇上的事了，“我们要同司法部联系一下。他们会给我们答复的。到那时我们再努力吧。”

聂赫留朵夫走出房间，然后穿过办公室，他在那里看见了许多衣冠楚楚、相貌堂堂的官员。他心想：“他们保养得多么好呀，他们的手和衬衣洗得多么干净呀！皮鞋擦得多亮呀！且不说同犯人比，就是同乡下人比，他们的生活是何等优裕啊！”

## 精简点评

本节主要讲述了聂赫留朵夫与律师见面并且拜访了沃罗比约夫男爵的事情。本节的末尾有这样一个细节：聂赫留朵夫在男爵家看到那些官员，情不自禁地将他们和农民相比，得出这些官员的生活优裕。这个细节展现了此时聂赫留朵夫的心里已经装着底层人民，已经懂得他们的不幸了。

## 佳词美句

阵营　官僚　获释　潇潇洒洒　相貌堂堂

男爵是一个中等身材的壮实的男子，头发剪得很短，穿着礼服，坐在大写字台后面的圈椅里，眼睛快活地望着前方。

聂赫留朵夫还没说完这句话，男爵的脸色就变了，他不希望谁事先不和他商量或不通过他就向皇上启奏。

聂赫留朵夫走出房间，然后穿过办公室，他在那里看见了许多衣冠楚楚、相貌堂堂的官员。

## 阅读思考

1. 参审的枢密官阵营分别是哪三种类型的人？
2. 看了玛丽爱特的来信之后，聂赫留朵夫为什么会心生憎恶？
3. 概述一下沃罗比约夫男爵的肖像。

# 八

主宰着彼得堡要塞中犯人厄运的人是一位德国男爵出身的老将军。他的职责是：把男女政治犯关在特别囚室或单人牢房里，并且要让这些人在十年之内死掉一半，使他们一部分人发疯，一部分人死于传染病，一部分人自杀。自杀的人中有的是绝食而死，有的是上吊，有的是自焚。

叙述

揭露了监狱的黑幕：这些所谓的将军根本就不把犯人当人对待，而且他们在努力杀死对他们无益的人。

当聂赫留朵夫坐车来到老将军的住所时，传令兵拿着聂赫留朵夫的名片进去，将军接过名片，戴上夹鼻眼镜，哼了一声，说："把他请到书房里来。"

将军和聂赫留朵夫在简单的客套之后，聂赫留朵夫向将军说起在这里关押的一名罪犯的母亲想要同罪犯会面，或者转交给他一些书的事情，但遭到了将军的反对。

聂赫留朵夫瞧着他那由于大规模屠杀而得来的白色十字章，心里明白，这时的他再说什么都毫无意义。于是他转而说起另一个案子，即女犯舒斯托娃的事，说他今天得到了有关上面下令释放她的消息。

将军打了铃，吩咐把办事员叫来。

办事员来报告说，舒斯托娃关在一个奇怪的特殊工事里，关于她的公文还没有收到。

"一旦收到公文，我们当天就把她释放。我们不会留下他们，我们并不特别喜欢他们的光顾。"

## 精简点评

本节的主要内容是聂赫留朵夫为了兑现薇拉的委托，来到主宰着彼得堡要塞中的犯人的命运的老将军的住所，对屠杀了很多犯人的老将军说出自己的请求。本节的开头便揭示了老将军那残酷的职责，揭开了监狱里惨不忍睹的黑幕，让读者切身感受到政府机关暴虐的行为。

## 佳词美句

勋章　自焚

他的职责是：把男女政治犯关在特别囚室或单人牢房里，并且要让这些人在十年之内死掉一半，使他们一部分人发疯，一部分人死于传染病，一部分人自杀。

聂赫留朵夫瞧着他那由于大规模屠杀而得来的白色十字章，心里明白，这时的他再说什么都毫无意义。

## 阅读思考

1. 德国男爵出身的老将军的主要职责是什么？
2. 对于聂赫留朵夫的请求，老将军的态度如何？

# 九

第二天，玛丝洛娃的案子就要开审，聂赫留朵夫乘车来到枢密院。在枢密院大楼庄严的大门口他遇见了法纳林律师。

进到枢密院的法纳林轻车熟路辗转于各个房间之间，他还为聂赫留朵夫介绍了德高望重的贝老头。

案子开审了，聂赫留朵夫同旁听群众一起往左走进法庭。他们，包括法纳林在内，走到栅栏前面的斜面写字台旁。

民事执行吏庄严地宣布开庭，接着，枢密官们走进法庭，在高背椅上坐下。一共有四名枢密官：首席枢密官尼基丁、沃尔夫、斯科沃罗德尼科夫、贝老头。跟枢密官一起走进来的还有书记长和副检察官。副检察官是个年轻人，中等个子，身材瘦削，有一双忧郁的眼睛。尽管聂赫留朵夫有六年没有见到他，却一下子认出了他是大学时代的一个最好的朋友。

**外貌描写**　从正面刻画了副检察官的人物形象，并指出他是聂赫留朵夫大学时代最好的朋友。

“副检察官姓谢列宁吧？”聂赫留朵夫问律师。

“是的，怎么啦？”

“我跟他很熟，是一个很出色的人。”

“也是一个很好的副检察官。”法纳林说。

“他在任何情况下都是凭良心办事的。”聂赫留朵夫说着，想起了自己同谢列宁的亲密关系和友谊。

“可是现在没有时间了。”法纳林说，接着向聂赫留朵夫讲过目前在审理的案子，他对这个案子很感兴趣。

因此聂赫留朵夫格外留神倾听，竭力想弄明白目前开审的这个案子：报纸刊登有关某股份公司董事长涉嫌侵占股东利益的文章，是否构成对董事长的诽谤。但也像在地方法庭上一样，使他无法理解的主要原因在于，他们所讲的都不是问题的

**名师解读**　枢密院作为比地方法庭更高一层的司法机关，本来应该更权威、更公正，可枢密院的枢密官们却跟法庭的法官们一样，尽是讲一下枝节琐事，这样一来，枢密院的存在就没有多大的社会意义了。

关键，而是些枝节琐事。

报告案情的枢密官是沃尔夫，昨天的他还在聂赫留朵夫的面前严词强调说枢密院不可能过问案情的是非曲直，如今却明目张胆地偏袒起案子中的董事长来。素来稳重的谢列宁听了心中火起，陈述了一番和沃尔夫针锋相对的意见。

沃尔夫面红耳赤，带着其他枢密官走行会议室。

“您办哪一个案子？”民事执行吏等枢密官们一走，向问法纳林道。

“玛丝洛娃的案子。”法纳林说。

“今天要审理这个案子，不过……不瞒您说，这个案子本来是不公开辩论的。枢密官们未必会再出来，但我可以去通报您的意见……”

“怎么个通报法？”

“我会去通报您的要求。”民事执行吏说。

枢密官们果然打算在宣布诽谤案的裁定后，不再离开议事室。他们在那里一边喝茶吸烟，一边办完其他案子，包括玛丝洛娃一案在内。

**细节描写**

枢密官们随意的态度，表现了他们对案子的不重视，他们丝毫没有把与案件有关的人的命运放在心上。

本节的主要内容是聂赫留朵夫因玛丝洛娃的案件开审而来到了枢密院，旁听了枢密院审理有关一个登载股份公司的董事长舞弊的文章的案件。司法机构的腐败在这件案子上得到了充分的展现，引起了人们对司法是否能代表社会公正这个问题的深思。

**佳词美句**

轻车熟路　德高望重　偏袒　针锋相对

素来稳重的谢列宁听了心中火起，陈述了一番和沃尔夫针锋相对的意见。

阅读思考

请简述谢列宁的形象特点。

# 十

枢密官们在议事室里刚围桌坐下，沃尔夫就滔滔不绝地说出必须撤销本案原判的种种理由。但是却遭到了贝老头等人的一致反驳，于是这个案子就被否定地裁决了。

细节描写

形象地揭示了沃尔夫的窘态和虚伪的面貌。

沃尔夫露出不满意的神色。为了掩饰窘态，他翻开下一个由他做报告的玛丝洛娃的案卷，专心阅读起来。

这时候，民事执行吏进来报告说，律师和聂赫留朵夫希望在审理玛丝洛娃一案时出庭做证。

“这个案子啊，”沃尔夫说，“倒是一件风流韵事呢。”他就把他所知道的聂赫留朵夫跟玛丝洛娃的关系讲了一遍。

阅读笔记

枢密官们就这事谈了一阵儿，然后回到法庭，宣布对上一个案子的裁决，接着开始审理玛丝洛娃案。

“您有什么要补充的吗？”首席枢密官转身问法纳林。

法纳林挺起宽阔胸膛，措辞庄重而准确，逐条证明法庭有六点背离法律本义，指出原判的不公正令人发指。

律师发言刚结束，首席枢密官就转身请副检察官说话。谢列宁发言简短而明确，认为要求撤销原判的各种理由都缺乏根据，主张维持原判。于是枢密官们又纷纷起立，去开会商议。在议事室里，意见产生分歧，沃尔夫主张撤销原判。贝老头了解本案的症结所在，也坚决主张撤销原判，并且根据他的正确理解，给同事们生动地描摹当时开庭的情景和陪审员们发生误会的经过。尼基丁主张严格从事，恪守官样文章，反对撤销原判。这样，本案就取决于斯科沃罗德尼科夫的态度。他也主张驳回上诉，主要理由是聂赫留朵夫出于道德要求决定同那个姑娘结婚，实在是可恶之至。

斯科沃罗德尼科夫是个唯物主义者、达尔文主义者，认为抽象道德的一切表现，不但是可鄙的疯狂，而且简直是对他本人的侮辱。在斯科沃罗德尼科夫眼里，由这个妓女而引起的这场麻烦，再加上替她辩护的名律师和聂赫留朵夫本人都到枢密院来出庭，都是可恶之至。他不住地把胡子塞到嘴里，做出一脸苦相，因此他同意首席枢密官意见，不批准本案上诉。

上诉就这样被驳回了。

## 精简点评

本节主要讲述了两件事：一是对股份公司董事长一案的裁决，二是对玛丝洛娃一案的裁决。通过对玛丝洛娃一案中各个检察官的感情倾向的描写，表明副检察官完全可以根据个人意志而决定一个案子的裁决，这样的裁决对玛丝洛娃这样的人来说是极不公平的。

## 佳词美句

措辞　滔滔不绝　令人发指　一脸苦相

枢密官们在议事室里刚围桌坐下，沃尔夫就滔滔不绝地说出必须撤销本案原判的种种理由。

阅读思考

沃尔夫对玛丝洛娃案件的报告和律师法纳林的补充，给人留下了什么印象？

# 

返回接待室的聂赫留朵夫同律师抱怨着案子裁决的不公，两人商量起向皇上告御状的念头。

语言和动作描写

突出表现了沃尔夫为自己推脱的虚伪形象。

这时候，身着制服、胸佩星章的沃尔夫走到聂赫留朵夫跟前说："有什么办法呢，亲爱的公爵，没有充足的理由哇！"他闭上眼睛，耸耸肩，接着就走开了。

谢列宁也跟着沃尔夫出来了，他从枢密官那里得知他的旧友聂赫留朵夫也在这里。

阅读笔记

"没想到会在这儿遇见你，"他走到聂赫留朵夫跟前说，"我根本不知道你来彼得堡。"

"我也不知道你当上了检察官……"

"副检察官。"谢列宁更正说，"你怎么会来枢密院的？我听说你在彼得堡，可你怎么会到这儿来？"

"我来这是希望伸张正义，营救一个无辜判刑的女人。"

"哪一个女人？"

"就是刚才裁决的那个案子里的女人。"

"玛丝洛娃的案子，"谢列宁想起来了，"那个上诉状是完全缺乏根据的。"谢列宁叹了一口气，并且表示了对此的遗憾。

"我如果事先向您申诉就好了，不过，即使无人申诉，这个案子的问题也很明显，原判是错误的。"

谢列宁替枢密院辩护说:“枢密院没有权力随意说那个原判是错误的,也不能随意撤销法庭的判决。”

“那个女人是无辜的。现在,拯救她,使她免遭冤屈的最后一线希望也没有了。”

话不投机半句多,聂赫留朵夫不想和他谈了。

“好吧,我们以后再谈,”谢列宁说,“我这就回去。”

## 精简点评

本节主要对两个好友——聂赫留朵夫和谢列宁在枢密院见面时的简短对话进行了描写。和在法庭上看到谢列宁的感觉不同,聂赫留朵夫不再因为谢列宁而看到了希望。通过这次简短的交谈,聂赫留朵夫不得不重新审视自己和谢列宁之间的关系。

## 佳词美句

裁决　无辜　强词夺理

谢列宁也跟着沃尔夫出来了,他从枢密官那里得知他的旧友聂赫留朵夫也在这里。

谢列宁是怎么替枢密院辩护的?

# 十二

名师解读

在聂赫留朵夫最忧伤的时候，玛丽爱特表现出理解他、支持他，这个细节足以使他的心感到温暖，从而被玛丽爱特迷住了。

议论

解释了聂赫留朵夫为什么会迷上玛丽爱特，并把她当成知音。

聂赫留朵夫和律师从枢密院里出来。心乱如麻、万念俱灰的聂赫留朵夫立刻选择与律师辞别，直接回到了姨妈家里。

玛丽爱特来了，姨妈到大厅接见客人去了，这时聂赫留朵夫真想在玛丽爱特面前大哭一场，哭诉自己所受到的冷眼和委屈。玛丽爱特柔声细语安慰他，他觉得她的话语异常深刻、恳切、善良。这个年轻美丽、穿戴考究的女人讲这些话的时候，她那双亮晶晶的眼睛射出来的目光，把他完全迷住了。

聂赫留朵夫默默地瞧着她。玛丽爱特一心一意要把他迷住。为了迎合他，她谈到了监狱的苦难，谈到世上有许多受苦受难的人，为了这些人，她可以献出宝贵的生命。聂赫留朵夫所从事的事业，都被周围的人嘲笑，说他是个大傻瓜。可唯独这个美女玛丽爱特赞赏他，而且积极帮助他，促成当局将无辜被捕者释放，难怪这时聂赫留朵夫要把玛丽爱特当成知音了。

她临走的时候对他说，她永远准备尽她的能力为他效劳，并且要求他明天傍晚一定到剧院去找她，哪怕只去一分钟也是好的，说是她还有一件要紧的事要跟他谈。

聂赫留朵夫答应了。

他开始动摇了。“我要到西伯利亚去，这样好不好呢？”“我要放弃财产，这样又好不好呢？”他问着自己。他觉得这一切都是无法实现的梦想，他怎么也无法坚持做下去，因为这一切都是人为的，不自然的。

他觉得自己应该回到上流社会去，他骨血里含有上流社会的基因，无法和下层社会的人同呼吸、共命运，他和那些监狱里的囚徒是格格不入的，他（她）们不理解他，拒绝他的一番好意。正如他在巴诺沃的遭遇一样，他自我牺牲，要将富庶的土地无偿交给农民，可遇到的是猜疑和不信任。别做傻事了，回归上流社会吧，回到玛丽爱特的怀抱中吧。

充分分析了聂赫留朵夫质疑自己所从事的事业的原因——得不到底层人民的理解和信任。

## 精简点评

本节主要对聂赫留朵夫的心理做了描写。因为枢密院驳回了玛丝洛娃的上诉，他心乱如麻，之后又受到了玛丽爱特的诱惑。他会如何抉择呢？

## 佳词美句

心乱如麻　万念俱灰

正如他在巴诺沃的遭遇一样，他自我牺牲，要将富庶的土地无偿交给农民，可遇到的是猜疑和不信任。

## 阅读思考

1. 聂赫留朵夫为什么感到悲伤？
2. 玛丽爱特真的理解聂赫留朵夫所做的事吗？

# 十三

名师解读

聂赫留朵夫对自己的所作所为感到羞愧和后悔，并且决定要帮助更多苦难的人，这是他精神得到解脱、灵魂得到救赎的一种方式，也是他获得新生的一条路。

第二天早晨，他又深刻反思了一番，觉得昨天和玛丽爱特的交往以及夜晚的想法都是错误的，简直是重新作恶。他已经决心改恶从善，不能三心二意，再度落入腐化堕落的泥坑。

他重温昨天的那些想法，不禁为自己感到羞愧。他明白自己必须振作起来，去帮助苦难的玛丝洛娃，去帮助许多在监狱里和在西伯利亚的苦役犯和流放犯。

聂赫留朵夫乘车看望刚释放的舒斯托娃。

舒斯托娃住在二楼。一个妇女在做饭菜，她见聂赫留朵夫来了，不等他报名，就现出惊喜交加的神色。原来这人便是舒斯托娃的母亲。在表达了对聂赫留朵夫的感激后，她便将他领到了舒斯托娃的房间。房间里放着一张桌子，后面的长沙发上坐着一个身体微胖、个儿不高的姑娘，身穿条纹布上衣，一头淡黄的鬈发围着一张苍白的圆脸。她就是舒斯托娃，相貌很像她母亲。母亲对她说："莉吉娅，聂赫留朵夫公爵来了。"

"那么，你就是薇拉托我营救的那个危险人物吗？"聂赫留朵夫笑眯眯地向她伸出手来。

"是的，我就是，"舒斯托娃像孩子般善良地笑了笑，"我姨妈很想见见您呢！"她用婉转悦耳的声音对着门叫了一声。

"薇拉因你被捕心里很难过。"聂赫留朵夫说。

"薇拉是我姨妈的好朋友，可我不认识她。"舒斯托娃说。

这时从隔壁房间里进来一个女人，她就是舒斯托娃的姨妈，名叫柯尔尼洛娃。

柯尔尼洛娃问道："薇拉怎么样？

聂赫留朵夫说："请您放心，她不抱怨，她的自我感觉好得不能再好了。”

柯尔尼洛娃笑着摇摇头说：“唉，我的薇拉，我了解她，她是一个了不起的人，一心一意为别人，从来不替自己着想。”

聂赫留朵夫说：“是的，她自己什么要求也没有，只为您的外甥女操心，她难过的主要是您的外甥女无缘无故被捕了。”

舒斯托娃不是民意党人，从未参加过他们的活动。但她给姨妈保管文件，姨妈自己没有房子，所有秘密文件都寄放在她那儿，有一次遇上了搜查，搜出了文件，宪兵就把她带走了。她被捕后，一直没有说出文件是从哪儿来的。

随后，聂赫留朵夫和柯尔尼洛娃谈论了社会上的不平等现象，还有各种和革命活动有关的事情，他们俩在思想上有共鸣。最后，他们谈到了沙皇迫害进步人士的建议。

> **叙述** 介绍了聂赫留朵夫和柯尔尼洛娃所谈论的内容。

临了，柯尔尼洛娃说她给薇拉写了一封信，请他带给薇拉。聂赫留朵夫接过信，起身告辞。

## 精简点评

本节主要讲述了聂赫留朵夫的反思，以及他去看望舒斯托娃的事情。他在舒斯托娃那里结识了柯尔尼洛娃，并且从柯尔尼洛娃那里找到了思想的共鸣，这是聂赫留朵夫近距离接触革命者，深度了解革命活动、全面认识革命者的一次机会，这对他的思想、精神、重生都起到了推动性的作用。

## 佳词美句

泥坑　婉转　改恶从善　三心二意　无缘无故

他已经决心改恶从善，就不能三心二意，再度落入腐化堕落的泥坑。

阅读思考

聂赫留朵夫是怎么看待自己昨日的想法的?

# 十四

细节描写

突出了聂赫留朵夫说话算话、说到做到的崇高品质。

外貌描写

充分揭露了玛丽爱特丈夫一副高高在上的虚伪的官架子和玛丽爱特一身华丽、高贵的礼服,这都是上流人士的标志。

聂赫留朵夫原来应该在这天傍晚动身离开彼得堡,然而他答应玛丽爱特到剧院去看她,虽然他知道这件事不该做,但说过的话应算数,于是仍旧去了。

剧院的包厢里坐着玛丽爱特和一个他不认识的女人。另外还有两个男人,一个就是玛丽爱特的丈夫,他是将军,相貌英俊,身量很高,脸色严峻而莫测高深,生着钩鼻子。玛丽爱特娇媚、苗条、雅致,礼服的领口开得很低,露出两个饱满结实的肩膀。聂赫留朵夫一走进包厢,她就立刻回过头来看一眼,对他微微一笑,表示欢迎和感激。她的丈夫像平时办一切事情一样,平静地看了聂赫留朵夫一眼,点了一下头。

等到台上的一幕剧演完,玛丽爱特介绍聂赫留朵夫同她丈夫认识,将军说了一声“幸会”,就莫测高深地沉默了。

聂赫留朵夫向将军反映监狱里囚犯的苦况,以及这次被释放回家的舒斯托娃完全没有罪,可她的身体受到监禁的摧残,已经完全垮了。将军带着鄙夷不屑的笑容听着,不答一言,最后以吸烟为借口走开了,不想听聂赫留朵夫的申诉。

聂赫留朵夫在玛丽爱特身旁坐下来,他看出她根本没有什么话要对他讲，无非是要他看一看自己穿着晚礼服，露出肩膀有多么艳丽罢了。这使他感到又愉快又厌恶。

聂赫留朵夫终于明白：玛丽爱特之所以力促丈夫释放舒斯托娃，并非她支持革命党人，她是以此来讨他的欢心，使他靠拢她，最后成为她的情人。

她丈夫回到包厢里来了，他用高高在上的轻蔑眼光看了聂赫留朵夫一眼，仿佛不认得他似的。聂赫留朵夫的自尊心受到严重伤害，没有等到包厢的门关上，就走了出去，离开剧院了。

他战胜了玛丽爱特的诱惑，避开了这个陷阱，他知道那女人玩的是既美妙又可怕的情欲，这其实是盖在美丽外表下的一剂毒药，谁喝了它，谁就不知不觉地被毒死。

说明

突出了情欲的可怕。

本节主要讲述了聂赫留朵夫战胜了玛丽爱特的诱惑，知道了玛丽爱特力促丈夫释放舒斯托娃的真正目的，了解了她先前迎合自己的原因，揭开了她弄虚作假的真实面目。上流人士的虚伪、无聊、奢靡等在本节中都得到了展现。

佳词美句

摧残　雅致　轻蔑　莫测高深　鄙夷不屑

玛丽爱特娇媚、苗条、雅致，礼服的领口开得很低，露出两个饱满结实的肩膀。

1. 将军对聂赫留朵夫所反映的监狱里囚犯的苦况和舒斯托娃的状况持什么样的态度？

2. 聂赫留朵夫是怎么知道玛丽爱特是一个弄虚作假的人？

# 十五

聂赫留朵夫回到莫斯科后，第一件事就是到监狱医院，把枢密院决定维持法院原判这一不幸的消息告诉了玛丝洛娃，并要她做好去西伯利亚的准备。

但是被告知玛丝洛娃因为作风问题又被调回了牢房。

聂赫留朵夫没有想到玛丝洛娃竟然如此堕落，如今更显得一清二楚。

**心理描写**

反映出聂赫留朵夫并未真正了解过玛丝洛娃。他之所以帮助玛丝洛娃，是为了拯救自己。

他一时想抛弃她不管了，但转念一想，如果自己这样做了，那么受到惩罚的将会是自己。于是他决心继续坚持初衷。

他来监狱门口，要值班的看守通报典狱长，希望同玛丝洛娃见面。看守告知他，原来的典狱长免职了，由另一位严厉的长官接替。“现在办事严格多了，”那看守说，“我这就去通报。”

典狱长在监狱里，不多一会儿就出来同聂赫留朵夫见面。这位新典狱长是个瘦骨嶙峋的高个子。

通过与典狱长的交谈，聂赫留朵夫发现这人果然如看守所说，是个严厉的长官。最终典狱长安排了聂赫留朵夫与玛丝洛娃的会面，但是驳回了他要同政治犯薇拉会面的请求。

等玛丝洛娃走进办公室，典狱长并没有抬起头来。他既不看玛丝洛娃，也不看聂赫留朵夫，只是说：“你们可以谈了！”他说完继续埋头看文件。

玛丝洛娃又像从前那样穿着白上衣，围着白裙子，头上包了一块白头巾。她走到聂赫留朵夫跟前，看见他脸色冷冰冰、气呼呼的，脸顿时涨得通红，一只手揉着上衣底边，垂着眼睛。她的窘态使聂赫留朵夫相信医院看门人的话是真的。

聂赫留朵夫很想像上次那样对待她，但不能像上次那样同她握手，此刻他对她反感极了。

“我给您带来了一个坏消息，”他声音呆板地说，眼睛不看她，也不向她伸出手去，“上诉被枢密院驳回了。”

生动地表现了聂赫留朵夫对玛丝洛娃的厌恶和反感。

“我早就料到了。”她音调古怪地说，仿佛在喘气。

“您不要灰心，”他说，“向皇上递的状子可能有结果。”

“我又不是在想这件事……”她用泪汪汪的眼睛凄苦地斜睨着他。

“那您在想什么？”

“那您去过了医院，他们大概向您谈到过我了……”

“哦，那是您的事。”聂赫留朵夫皱紧眉头，冷冷地说。

“喏，您就在这状子上签个字。”他说着，从口袋里掏出一个大信封，把信封里的状子摆在桌上。她用头巾角擦去眼泪，在桌旁坐下来，问他写在哪里，写什么。

她坐在桌子旁边，左手理理右手的袖子。他站在后面，默默地俯视着她那伏在桌上、不时因为忍住呜咽而颤动的弓起的脊背。在他的心里，恶与善、受屈辱的自尊心与对这个受苦女人的怜悯心，斗争得很激烈，结果后者占了上风。

**名师解读**

玛丝洛娃因为忍住呜咽而颤动的弓起的脊背细节，充分展现了玛丝洛娃内心的委屈。

她签了字，把沾了墨水的手指在裙子上擦擦，然后站起来，对他瞧了一眼。

“我怎么说，就怎么做。不论他们把您发配到哪里，我一定跟您去。”

“这用不着。”她慌忙地打断他的话，脸色顿时开朗起来。

聂赫留朵夫同玛丝洛娃告辞，走出了监狱。

**细节描写**

聂赫留朵夫心情的变化是他内心的善和对玛丝洛娃的怜悯占据上风的表现。

他产生一种从未有过的快乐平静的心情，觉得一切人都很可爱。不论玛丝洛娃的行为怎样，他对她的爱都不会改变。这种思想使他高兴，精神上升华到空前的高度。让她去同医士调情吧，那是她的事，聂赫留朵夫爱她不是为了自己，而是为了她。不过，玛丝洛娃同医士调情而被逐出医院，聂赫留朵夫信以为真，其实是这样的——玛丝洛娃有一次奉女医士派遣，到走廊尽头药房里去取草药，在那里碰到那个满脸粉刺的高个子医士乌斯基诺夫。乌斯基诺夫一直对她纠缠不休，让她非常讨厌。这一次玛丝洛娃为了摆脱他，使劲推了一把。乌斯基诺夫撞在药架上，有两个药瓶从架上掉下来碎了。

**名师解读**

大家之所以都相信是玛丝洛娃和医士调情，一是因为她妓女的身份，二是她美丽的容貌，三是她苦役犯的身份。这些都使人们将她看成堕落的人，这是人们对玛丝洛娃的成见，这种成见是很难消除的。

这时候，主任医师正好从走廊上经过，听见瓶子碎的声音，看见玛丝洛娃面红耳赤地跑出来，就生气地对她嚷道：“喂，小娘们，你要是在这里跟人家胡搞，我就请你开路。这是怎么回事？”他转过身去，从眼镜架上严厉地瞧着医士。

医士赔着笑脸为自己辩白。主任医师没有听完他的话，抬起头来，透过眼镜对他瞧瞧，就到病房里去了。当天他就要典狱长另派一个稳重些的女助手来接替玛丝洛娃。所谓玛丝洛娃同医士调情，就是这么一回事。

玛丝洛娃仍然认为并竭力让自己相信，正像第二次见面时她对他说的那样，她没有原谅他，她恨他。其实她早已重新爱着他了，而且爱得那么深，凡是他要她做的，她都不由自主地去做。她戒了烟酒，不再卖弄风情，还到医院里做杂务工。每次他提出要同她结婚，她总是断然拒绝，不肯接受这样的牺牲。

这固然是由于她有一次高傲地对他说过这话，不愿再改口，但主要是由于她知道，同她结婚，他就会遭到不幸。玛丝洛娃下定决心不接受他的牺牲，但一想到他瞧不起自己，认为自己还是原来那样的人，而没有看到她精神上的变化，便觉得十分委屈。他现在可能认为她在医院里做了什么丑事，这个念头比听到最后判决服苦役的消息还要使她伤心。

**心理描写** 详细地介绍了玛丝洛娃为聂赫留朵夫所做出的改变，并突出玛丝洛娃很在乎聂赫留朵夫对自己的看法，这是她再次爱上他的表现。

本节由聂赫留朵夫从彼得堡回到莫斯科，去监狱医院探望玛丝洛娃，准备把枢密院的决定告诉她，让她做好去西伯利亚的准备，却从看门人那里得知玛丝洛娃和医士调情，再次被调回牢房展开，一层一层拨开聂赫留朵夫救赎玛丝洛娃的真实意义，一层一层揭示玛丝洛娃和聂赫留朵夫之间存在的不平等的关系，一层一层揭开玛丝洛娃对聂赫留朵夫的态度。

## 佳词美句

窘态　面红耳赤　冷冰冰　气呼呼　泪汪汪

聂赫留朵夫很想像上次那样对待她，但不能像上次那样同她握手，此刻他对她反感极了。

## 阅读思考

聂赫留朵夫为什么会对玛丝洛娃感到反感？

# 十六

细节描写

表现出聂赫留朵夫的转变。

名师解读

被流放的这一天，犯人们在炎热沉闷的太阳底下站了三个多小时，可见在监狱当差的这些人根本不把犯人当成有生命的人，他们只是在冷漠地完成自己的工作而已。

玛丝洛娃可能随第一批犯人遣送出去，因此聂赫朵夫积极做着动身前的准备工作。但要做的事太多，他觉得无论有多少时间都来不及。

聂赫留朵夫现在要做的事可分三类。第一类事是为了玛丝洛娃和帮助她解决困难。这方面主要就是为告御状奔走，争取支持，以及为西伯利亚之行做好准备。第二类事是处理地产。在巴诺沃，土地已交给农民，由他们缴付地租，作为农民的公益金。但为了使这件事在法律上生效，必须立下契约和遗嘱，并且在上面签字。在库兹明斯科耶，事情仍像他原先安排的那样，就是他得收地租，得规定交租期限，并且确定从这笔钱中提取多少作为生活费，留下多少给农民做福利。第三类事是帮助囚犯，因为来求他的人越来越多了。

包括玛丝洛娃在内的那批犯人定于三点钟从火车站出发。聂赫留朵夫要等他们从监狱里出来，跟他们一起到车站，因此准备在十二点以前赶到监狱。

聂赫留朵夫坐车来到监狱时，那批犯人还没有出来。在监狱里，从四点钟起就开始移交和验收犯人，这工作很紧张，到现在还没有结束。

犯人们排列成行，等着问话，已经在太阳底下站了三个多小时了。

这项工作是在监狱里进行的，至于监狱外面，大门外除了荷枪的士兵外，还有大约二十辆大车停在那里，准备装载犯人的行李和体弱的犯人。

街道转角处站着一批犯人的亲友，等待犯人出来再见一面，要是可能的话，再说几句话，递给他们一点东西。聂赫留朵夫就挤在这批人中间。

他在这儿站了将近一小时，一双脚都站酸了。门里终于响起了铁镣的碰撞声、犯人的脚步声、长官的吆喝声、起伏的咳嗽声和人群低低的说话声，就这样持续了五分钟光景。

大门打开来，铁镣的撞击声更响了。大门里先是涌出一批剃光头的男流放犯，然后便是女流放犯。

男犯们默默地站在那里，只偶尔咳嗽几声，但女犯的队伍里却话声不断。聂赫留朵夫好像看见玛丝洛娃出来，但后来在人群中又找不到她了。他只看见一群灰色的生物，仿佛丧失了人类的特征，尤其是女性的特征。

尽管全体犯人在监狱的围墙里已经清点过，可是押解兵现在又清点一遍，同原先的人数核对一下。这次清点拖了很久，等到全部清点完毕，押解官们同犯人们一起浩浩荡荡地出发了。

犯人在里面排队，犯人的亲友在监狱外面等，监狱的大门活生生地把亲情隔断了，这揭露了监狱毫无人性的黑幕。好不容易门里传来了响声，却夹杂着铁镣的碰撞声、长官的吆喝声和起伏的咳嗽声，都是一些冷冰冰的、无温度的声音，让人心寒。

## 精简点评

本节主要围绕玛丝洛娃被遣送出去展开，介绍了聂赫留朵夫为此所做的准备工作，以及犯人们从监狱出发的情况，从而揭示了政府机构的懒政和残酷。在聂赫留朵夫眼里，所有的囚犯都变成了一群灰色的生物，他们丧失了人类的特征。

## 佳词美句

缴付　契约　遗嘱　铁镣　清点　浩浩荡荡

在监狱里，从四点钟起就开始移交和验收犯人，这工作很紧张，到现在还没有结束。

阅读思考

1. 在玛丝洛娃动身之前，聂赫留朵夫需要做哪些准备工作？
2. 监狱大门外的大车是用来做什么的？

# 十七

细节描写

解释了把马车赶到犯人前面的目的：在女犯人中找到玛丝洛娃。

这个队伍那么长，等到前边的人已经走远，看不见了，后面那些载着背包和体弱的人的大车才刚刚启动。临到大车启动，聂赫留朵夫就坐上那辆一直在等候他的街头马车，吩咐马车夫把车赶到犯人前边去，为的是在女犯人中找到玛丝洛娃。

天气已经很热了，空中没有风。犯人们快步走着，聂赫留朵夫坐的那辆走得不快的马车只能缓缓地赶到他们前头。

那一排排他不认得的、外貌古怪而可怕的犯人，身上穿的衣服一模一样，迈开上千只穿着同样的鞋的脚往前走去。依聂赫留朵夫看来，他们仿佛不是人，而是一群生物。

犯人扭过头来，斜起眼睛瞧着赶到他们前头去的四轮马车和坐在车上不断打量他们的老爷。

聂赫留朵夫的马车赶上那些女犯人，他立刻认出了玛丝洛娃，她在女犯的第二排。这一排边上走着一个女犯，红脸庞、黑眼睛、短腿，监狱里的犯人给她取了绰号："俏美人"。她旁边是个孕妇，勉强拖着两腿走着。第三个就是玛丝洛娃。玛丝洛娃肩上背着袋子，眼睛瞧着前方。这一排的第四个人是年轻漂亮的女人，穿一件短袍，像农妇那样扎着头巾，步伐矫健，她就是费多霞。聂赫留朵夫跑下马车，向女犯队伍走去，想问问玛丝洛娃有没有收到东西，身体怎样。可是，在队伍这边走着的一个押解军士一发现有人接近队伍，立刻赶过来。

“不行，老爷，接近队伍是不允许的。”他走过来，大声说。

军士走过来，认出是聂赫留朵夫，就把手举到帽檐上敬了个礼，在聂赫留朵夫身边站住。

“现在不行，到火车站就可以了，这儿是不允许的。别掉队，快走！”他对犯人们吆喝着。

聂赫留朵夫转身回到人行道上，吩咐马车夫赶着马车跟在他身后。

炎热的天气使得车上的聂赫留朵夫感到强烈不适，只好让马夫将他送到附近可以喝点解渴东西的店铺。

他在店里一面喝着清凉冒泡的水，一面向店主要来信封、信纸和邮票，动手写一封信给姐姐，安排一些事。但他无法静下心来，于是将未写完的信放在衣袋中，付清钱，到街上，坐上马车，去追赶那批犯人。

一个犯人因长久被关在阴暗的牢房里，陡然在太阳下面行走，中暑了，倒在地上，周围有很多看热闹的人。聂赫留朵夫跳下马车，走到人群跟前，见那个犯人奄奄一息，便建议警官，用他所租的马车将那犯人送到警察分局去，警官同意了。聂赫留朵夫护送着那犯人来到分局，经医生诊断该犯人已经死亡，警察将其尸体抬到太平间去了。聂赫留朵夫又急忙乘上马车，前往火车站。

**名师解读**

这支被流放的队伍才刚出发不久，就有人中暑死亡，而这条流放的路还很长，肯定还会有更多的人死亡，揭露了当权者毫无人性的残暴本性；犯人中暑倒下了，周围有很多看热闹的人，没有一个人去帮犯人：底层人民不敢去管，警官之类的人不在乎犯人是死是活。

本节主要围绕流放犯人的队伍展开，借助聂赫留朵夫的感官，来揭示政府对犯人所做出的毫无人性的行为。其中有一个细节值得我们深思：一名囚犯因为中暑倒下了，周围的人只顾着看热闹，却没有人去帮忙，这不禁让人发出疑问：善良、助人的人性都去哪儿了？可见，在监狱里，男人女人都不再是人，而是一种灰色的生物，没有性别、没有人性。

## 佳词美句

矫健　解渴　打量　绰号　清凉　陡然　奄奄一息

军士走过来，认出是聂赫留朵夫，就把手举到帽檐上敬了个礼，在聂赫留朵夫身边站住。

## 阅读思考

聂赫留朵夫为什么要吩咐马车夫把车赶到犯人前面？

# 十八

聂赫留朵夫来到火车站，犯人们都已坐在装有铁窗的车厢里。

聂赫留朵夫走过男犯的车厢，来到女犯车厢旁边。

聂赫留朵夫听从一个押解兵指点，走到第三节车厢窗口。聂赫留朵夫的头刚凑近窗口，就有一股充满汗酸臭的热气扑面袭来。玛丝洛娃只穿一件短袄，没有包头巾，坐在对面窗口。皮肤白净、脸带笑容的费多霞坐在她旁边，离这边窗口近一点。她一认出聂赫留朵夫，就推推玛丝洛娃，给她指指这边窗口。玛丝洛娃慌忙站起来，拿头巾包住乌黑黑的头发，红润冒汗的脸上现出活泼的微笑，走到窗口，双手抓住铁栅。

“天气真热呀！”她快乐地笑着说。

“东西收到了吗？”

“收到了，谢谢。”

“还需要什么吗？”聂赫留朵夫觉得车厢里的热气简直像从蒸汽浴室里冒出来的一样。

“什么也不需要了，谢谢。”

“最好能弄点水喝喝。”费多霞说。

“是呀，最好弄点水喝喝。”玛丝洛娃也跟着说。

“我这就去，”聂赫留朵夫说，“我去问押解兵要点水来。我们要到下城才能见面了。”

“难道您也去吗？”玛丝洛娃仿佛不知道这件事，快乐地瞅了聂赫留朵夫一眼。

“我坐下一班车走。”

玛丝洛娃一言不发，过了几秒钟才深深地叹了口气。

阅读笔记

**神态和动作描写**

突出玛丝洛娃看到聂赫留朵夫时的喜悦和激动。

语言描写

女犯人的这个问题，揭露了残忍、黑暗的社会现实。

“这是怎么搞的，老爷，说是有十二个犯人被折磨死了，真的吗？”一个神情严厉、上了年纪的女犯人用男人般的粗嗓子说。她是柯拉勃列娃。

“十二个，我没听说。”聂赫留朵夫说。

“听说有十二个。”

“妇女中间没有人害病吗？”聂赫留朵夫问。

“娘们儿身子骨硬朗些。”另一个矮小的女犯笑着说。

细节描写

通过聂赫留朵夫的眼睛，揭开了一节节车厢悲惨的情景。

这时候，列车长手里拿着哨子走过。紧接着响起了最后一道铃声和哨子声，从站台上送行的人群中和女犯的车厢里传出一片号叫声。聂赫留朵夫站在站台上，眼看一节节带铁窗的车厢和车窗里一个个剃光头发的男人脑袋从面前掠过。接着是第一节女犯车厢，从窗子里可以看见里面的女犯，有的露着头发，有的扎着头巾。然后是第二节车厢，从里面传出那个临产女人的呻吟，再后面就是玛丝洛娃的那节车厢，玛丝洛娃同另外几个女犯站在窗口，瞧着聂赫留朵夫，对他凄苦地微笑着。

## 精简点评

本节主要描写了聂赫留朵夫赶到火车站，和玛丝洛娃道别的情形。从聂赫留朵夫和女犯们的对话中，为读者暗示了这一路上被折磨致死的犯人人数，而聂赫留朵夫对女犯们的提问，流露了他对犯人们发自内心的关心，这是他心中有底层人民，时刻关注底层人民命运的表现。

## 佳词美句

指点　蒸汽　硬朗　号叫　呻吟　凄苦　乌黑黑

聂赫留朵夫走过这节车厢，听从一个押解兵指点，走到第三节车厢窗口。

阅读思考

1. 从哪些地方可以看出火车车厢里很热?
2. 从女犯人的提问中,你发现了什么?

# 十九

聂赫留朵夫所搭的那班客车离发车还有两小时。他在候车室的沙发上睡觉了。一个身穿礼服的茶房把他叫醒了。

“老爷,您是聂赫留朵夫公爵吗?有位太太找您呢。”

他睁开眼睛,首先看见了他原来的女友米西和她的一家子人,也就是柯察金公爵一家,这一家人要搬到别处去居住,所以也在等火车。米西和她的男伴走过来,把他们家在城郊的房子着了火,不得不搬到乡下她姨妈家里去住的事告诉了聂赫留朵夫。

叙述

柯察金公爵一家因为自家房屋着火,便举家搬到乡下米西的姨妈家去住,继续做社会的寄生虫。

然后聂赫留朵夫看见了姐姐娜塔丽雅。

他的姐姐娜塔丽雅是来找他谈处理财产的相关事情的。

米西和她的男伴看见姐弟两人开始谈私事,便走到一边去了。

“现在你打算怎么办呢?”娜塔丽雅问。

“我要为监狱的改革做点事情,改善犯人处境,尽我的力量去做。”聂赫留朵夫说。

聂赫留朵夫看到犯人的悲惨境遇,决心为他们做点事情。他做此决定不再是为自己,而是为他人。此处反映了聂赫留朵夫内心的改变。

“是的,是的,这我明白。那么,你跟这一家人,”她微笑着瞧瞧那边的柯察金一家,“难道真的就一刀两断了?”

“一刀两断。我想,这样双方都不会感到遗憾。”

这时柯察金一家搭乘的头等火车要开了，临上车之际，米西的母亲、柯察金公爵夫人伸出一只戴满戒指的白手，等聂赫留朵夫握手，但他没有握她的手。公爵夫人邀请他到她家里去做客，嘱咐他务必要来，聂赫留朵夫也没有应允。

细节描写

表明聂赫留朵夫已经决定和柯察金公爵一家一刀两断，不再来往了。

聂赫留朵夫搭乘的是三等车，在上火车之前，他郑重认真地对姐姐说："哦，还有一件事要跟你谈一下，到目前为止我还没有将库兹明斯科耶的土地交给农民，所以万一我死了，就由你的孩子继承那些土地吧。"

"德米特里，不谈这些。"娜塔丽雅说。

"不过如果我把那些土地也给了农民，那我所能说的就只有一点：我其余的东西将来统统归你的孩子所有，因为我未必结婚，纵然结婚也不会有孩子……所以……"

"德米特里，我求求你，别说这些了。"娜塔丽雅说。可是聂赫留朵夫看出她听了他的话暗暗感到高兴。

火车开动了，娜塔丽雅点点头，说："嗯，再见！德米特里，再见！"这时她心里反而高兴，但等这节车厢一离开，她就在琢磨应该怎样将弟弟的话告诉丈夫。

细节描写

娜塔丽雅琢磨如何把弟弟的话告诉丈夫这个细节充分揭露了她对丈夫的讨好和奉承的姿态。

## 精简点评

本节主要描写了聂赫留朵夫在候车室等车时，遇到柯察金一家和姐姐的情景，为后文故事发展做了铺垫。

应允　一刀两断

不过如果我把那些土地也给了农民，那我所能说的就只有一点：我其余的东西将来统统归你的孩子所有，因为我未必结婚，纵然结婚也不会有孩子……所以……

阅读思考

你觉得聂赫留朵夫的姐姐是个什么样的人？

# 二十

名师解读

薇拉对玛丝洛娃和聂赫留朵夫的复活起到了不可或缺的作用。薇拉是玛丝洛娃、聂赫留朵夫与政治犯亲密接触的桥梁，帮助两人完成了最后阶段的复活。

包括玛丝洛娃在内的那批犯人，走了将近五千俄里路。在到彼尔姆以前，玛丝洛娃一直同刑事犯一起坐火车或乘轮船。到彼尔姆，聂赫留朵夫才向有关方面疏通好，把玛丝洛娃调到政治犯队伍中——这个主意是同行的薇拉出的。

玛丝洛娃调到政治犯队伍后，她的处境各方面都有所改善。这次调动的最大好处是她认识了几个人，这几个人对她起了极好的影响，决定了她的前途。

跟玛丝洛娃一起步行的还有两名政治犯：一名是谢基尼娜；另一名是流放到雅库茨克省的男犯，名叫西蒙松。

玛丝洛娃在城里过了六年奢侈放荡的生活，又在监狱里同刑事犯一起度过了两个月，如今同政治犯待在一起，觉得心情舒畅。她认为目前同她一起赶路的人都好得出奇，不仅以前从没见过，而且简直无法想象。

玛丝洛娃毫不费力就懂得了这些人从事革命活动的动机。她钦佩所有的新朋友，但最钦佩谢基尼娜。她不仅钦佩她，而且怀着特殊的敬意热爱她。她感到惊讶的是，这个富裕将军家庭出身的美丽姑娘，能讲三种外语，却过着最普通的工人生活，把有钱的哥哥寄给她的东西全都分赠给别人，自己穿戴得不仅很朴素，甚至可以说很粗陋，对自己的外表也毫不在意。玛丝洛娃从别人嘴里得知她被判苦役的原因是因为在搜查时，有个革命者在黑暗中开了一枪，她就把开枪的罪名揽到了自己头上。

解释说明

解释了玛丝洛娃钦佩并热爱谢基尼娜的原因。

阅读笔记

另一种影响来自西蒙松，这种影响的产生是由于西蒙松爱上了玛丝洛娃。

西蒙松不论遇到什么事，总是理智地反复思考，然后做出决定，一旦做出决定，就坚决实行。还在中学念书的时候，他就断定父亲做军需官挣来的钱是不义之财。他要父亲把财产还给老百姓，可是父亲不仅不听，反而把他痛骂一顿，他就离家出走，从此不用父亲的钱。他断定今天的一切罪恶都是由于老百姓没有受过教育，因此他就离开大学，参加民粹派，到乡下去当教师，大胆向学生和农民们宣传他认为是正确的东西，反对他认为是谬误的东西……

他被捕了，受到审讯，并且由于他在法庭上的公然反抗，使得他被流放到阿尔汉格尔斯克省。

就是这样一个人的爱情对玛丝洛娃影响特别大，玛丝洛娃凭着女人的敏感很快察觉到他的爱。她想到居然能在这样一个不平凡的人心里唤起爱情，自信心也就提高了。聂赫留朵夫向她求婚是出于宽宏大量和过去那件事，西蒙松爱的却是今天的她，而且纯粹是因为喜欢她。此外，她觉得西蒙松把她看作一个不平凡的女性，品德特别高尚，跟一般女人不一样。她不太清楚究竟她具有哪些品德，但不管怎样，为了不使他失望，她就竭力把认

对比

突出展现了西蒙松对玛丝洛娃的爱给了玛丝洛娃自信，促使她努力去做更好的人，这样的爱和聂赫留朵夫给的爱是不同的。

为自己具有的最好品德表现出来，这样也就促使她努力做一个所能做到的最好的好人。

这种情况早在监狱里就开始了。有一天，那是政治犯共同会见探监人的日子，她发觉他那双纯朴善良的深蓝色眼睛，从突出的前额和眉毛下特别执拗地瞅着她看。早在那个时候，她就已经留意到这个人很特别，外表很严肃，令人望而生畏，但目光中有一种稚气，显出他是个好人。到了托木斯克后，她调到政治犯中间来，她又看到了他。尽管他们没有做过意义深长的谈话，但玛丝洛娃觉得，只要有她在场，他所说的话总是说给她听的，是为她而说的，并且竭力把话说得明白易懂。他们之间的关系接近，是从西蒙松跟刑事犯一起步行开始的。

## 精简点评

通过和政治犯一起同行，玛丝洛娃懂得了更多道理：她懂得了政治犯从事革命活动的动机，听到了政治犯从事革命的方式方法，接触了政治犯的思想，了解他们思考、看待问题的方式，并和这些政治犯成了朋友，这些都对她产生了极好的影响，促使她努力做一个最好的好人。

## 佳词美句

疏通　粗陋　不义之财　离家出走　谬误　望而生畏

此外，她觉得西蒙松把她看作一个不平凡的女性，品德特别高尚，跟一般女人不一样。

玛丝洛娃所懂得的关于政治犯从事革命活动的动机有哪些?

# 二十一

从下诺夫哥罗德到彼尔姆这段路上，聂赫留朵夫同玛丝洛娃只见过两次面：一次是下诺夫哥罗德城，在犯人们登上围着铁丝网的驳船之前，另一次是在彼尔姆监狱办公室里。他发现玛丝洛娃沉默寡言，态度冷淡。这种情况直到玛丝洛娃调到政治犯队伍后，才得到改善，这正好是他所渴望看到的。

经过两个月的长途跋涉，她内心的变化在外表上也反映了出来。她再也没有原先那种卖弄风情的味道了，这使聂赫留朵夫感到特别高兴。

聂赫留朵夫觉得自己在这次旅行中一直情绪昂扬，不由自主地关心和体贴一切人，从马车夫和押解兵，直到他与之打过交道的典狱长和省长。

心理描写

聂赫留朵夫从关心和照顾别人中获得了幸福，他的生活因此变得充实，心灵和精神不再像之前那么空虚，这是他灵魂得到救赎的体现。

在这段时间里，由于玛丝洛娃调到政治犯队伍，聂赫留朵夫就有机会接触许多政治犯——先是在政治犯自由地同住一个大牢房的叶卡捷琳堡，后来是在路上又认识了和玛丝洛娃一起走的五个男犯和四个女犯，聂赫留朵夫同流放的政治犯接近后，对他们的看法完全变了。

自从俄国革命运动开始以后，聂赫留朵夫对革命者一直没有好感，因为他们采用残酷和秘密的手段反对政府，尤其是采用惨无人道的暗杀。现在他认识到这些革命者本是天性温

心理描写

这里突出体现了聂赫留朵夫思想模式的变化，对革命者看法的改变是他变得客观、理智的表现。

良的人，他们之所以动手杀人，其实是政府对他们实行残酷惩罚的结果。聂赫留朵夫深信他们并不像有些人所想的那样是十足的坏蛋，也不像另一些人所想的那样是十足的英雄，而是些普普通通的人，其中有好人，有坏人，也有不好不坏的人。

聂赫留朵夫特别喜爱一个叫克雷里卓夫的青年，此人入狱前的经历很简单：他父亲是南方一个富有的地主。他是个独子，大学数学系毕业时名列第一，获得硕士学位。学校要他留校，还要送他出国深造，他犹豫不决。后来在同学们的带动下，给革命事业捐了点钱，受牵连被捕。在监狱中亲眼见到政府对反对派的残酷镇压，就成了坚定的革命者。出狱后参加了民意党，还当上了破坏小组的组长，专门对政府官员采用恐怖手段，后来被人出卖被捕，经过审讯，判处终身苦役。他在狱中得了痨病。监狱条件太恶劣，他最多还能活几个月，但他对自己的行为不后悔。

克雷里卓夫的身世和同他的接触，使聂赫留朵夫懂得许多事。

## 精简点评

本节主要描写聂赫留朵夫在旅行途中对政治犯的接触，并因此改变了自己对革命者的观点。在这段旅途中，聂赫留朵夫看到了玛丝洛娃由内而外的变化，并为她感到高兴。显然，玛丝洛娃在这次旅行中，因接触革命者，并受到革命者的影响，已经在复活了。

## 佳词美句

沉默寡言　长途跋涉　惨无人道　普普通通

聂赫留朵夫觉得自己在这次旅行中一直情绪昂扬，不由自主地关心和体贴一切人，从马车夫和押解兵，直到他与之打过交道的典狱长和省长。

阅读思考

1. 聂赫留朵夫怎么看待玛丝洛娃的变化？
2. 现在的聂赫留朵夫对革命者持什么态度？

# 二十二

聂赫留朵夫有一个多星期没有见到玛丝洛娃了。在已经过的六个旅站上，尽管押解官不断更换，但没有一个准许聂赫留朵夫进入旅店里犯人的房间。他们之所以这样严格，是因为有一个管监狱的大官要经过此地。如今，那个大官已经过去。聂赫留朵夫希望今天接管这批犯人的押解官能准许他同犯人见面。

叙述

一是交代了聂赫留朵夫没见玛丝洛娃的时长，二是交代了押解官不准许聂赫留朵夫进犯人房间的原因。

经过许多周折，他终于见到了这个押解官。他向押解官请求到政治犯的住处探望玛丝洛娃，但是遭到了拒绝，然而事情随即出现了转机：旅途寂寞的押解官向聂赫留朵夫打探起玛丝洛娃的情况来：

"您要见的女人，究竟是个什么人？"他问。

"她是个不幸的女人，落到一家妓院里，在那儿遭到诬告，说她毒死了人，其实是一个很好的女人。我想，既然现在归您管，您就可以减轻他们的痛苦。您要是能这样做，我相信您会感到快乐的。"聂赫留朵夫尽量把话说得清楚些。

语言描写

聂赫留朵夫的这段话不仅简短地介绍了玛丝洛娃的命运，还告诉押解官怎么做能够得到快乐。

于是，这位受到触动的押解官吩咐手下兵士将聂赫留朵夫带到政治犯房间里去，允许他待到点名的时候。

因为有大官经过此地，聂赫留朵夫已经一个多星期没有见到玛丝洛娃了，今天终于见到了押解官。押解官的态度起初很强硬，经过简短对话后，押解官的态度慢慢变和缓。通过这个简短的对话，我们可以看到押解官本质并不坏。

佳词美句

接管　更换　周折　探望　诬告

在已经过的六个旅站上，尽管押解官不断更换，但没有一个准许聂赫留朵夫进入旅店里犯人的房间。

阅读思考

押解官为什么不准许聂赫留朵夫进入旅店里犯人的房间？

## 二十三

叙述

交代了聂赫留朵夫对西蒙松的态度。

押解队将所有的政治犯关在旅社的两个房间内，聂赫留朵夫来到这里，首先看到的不是他急于要见的玛丝洛娃，而是西蒙松。对这个出身贵族的政治犯，他既无恶感，也无好感，像这样不安分的青年，他见过很多。不料西蒙松主动找他搭起话来，但是西蒙松吞吞吐吐的话语，使他一时如坠雾中，摸不着头脑。

就在这时，他看到了正忙着打扫卫生的玛丝洛娃。

“您在打扫房间吗？”聂赫留朵夫一面说，一面同她握手。

“是啊，这是我的老行当，原来在您姑妈家就这么干的。”玛丝洛娃微笑着说，并无热情。

出乎聂赫留朵夫意料之外的是，玛丝洛娃同西蒙松热情地谈起话来，谈的虽然只是晾晒衣物的小事，但那种亲密味，令聂赫留朵夫惊讶，特别是西蒙松瞅着玛丝洛娃的那副眼神，确实异样，聂赫留朵夫作为情场老手，对这种眼神很了解，其中既包含着深爱，也包容着欲望。

> 名师解读
>
> 从谈话、眼神等细节中，聂赫留朵夫其实已经看出西蒙松对玛丝洛娃有好感。

接着，聂赫留朵夫忙着和其他政治犯见面，和他交谈的有薇拉、谢基尼娜、克雷里卓夫等，还有许多著名的革命者，使他大开眼界。

在聂赫留朵夫和这些政治犯热烈谈论之时，西蒙松躺在角落里的铺板上，默默无言。待大家都不作声了，他从铺上下来，走到聂赫留朵夫跟前说：

“现在您可以听我说几句吗？”

“当然可以。”聂赫留朵夫说着站起来，想跟他出去。

卡秋莎瞟了聂赫留朵夫一眼，似乎有话对他说。聂赫留朵夫遇到她的目光，激动得脸红了，他知道她的目光中含有一种意思，但他无法猜透。

> 名师解读
>
> 玛丝洛娃瞟聂赫留朵夫的细节和目光，都是她深爱着他的情感流露。聂赫留朵夫能够感知到她目光中含有一种意思，但他没法猜透，因为他还没有发现玛丝洛娃再次爱上了他，也没有意识到自己已经慢慢地爱上了玛丝洛娃。

西蒙松最终将聂赫留朵夫带到了薇拉的房间，并向他说明了自己想与玛丝洛娃结婚的想法。

如此唐突、过分的要求，真令聂赫留朵夫公爵一时无法接受，他瞠目结舌，一时说不出话来。

这件事，公爵早就看出了一点苗头，现在他真不好说什么。玛丝洛娃是他近来竭尽心力为之奔走的对象，现在这个虚无党徒要动他的奶酪，要分一杯羹，还要他在一旁帮他，做玛丝洛娃的思想工作，这岂不是强他所难吗？

但是西蒙松的态度越来越执拗和无礼，他非要这个可怜的公爵当场表明自己的态度，并且祝福他和玛丝洛娃。公爵能怎么办呢？他难道要同这个囚徒决斗吗？当然他是非常不屑与他决斗的。于是，公爵将一切都让给这个囚徒了，他祝福了两人的感情。

## 精简点评

在聂赫留朵夫去关押政治犯的地方看望玛丝洛娃时，西蒙松提出要和聂赫留朵夫单独谈谈，因而提出了自己要和玛丝洛娃结婚的要求，还要求聂赫留朵夫祝福自己和玛丝洛娃的关系。聂赫留朵夫对这突如其来的荒唐要求感到震惊。本节对聂赫留朵夫的心理活动做了刻画，把他的内心对玛丝洛娃的爱慢慢呈现出来，这是他都没有意识到的爱，经过西蒙松这么一闹，聂赫留朵夫开始重新审视自己对玛丝洛娃的情感了。

## 佳词美句

瞠目结舌　吞吞吐吐　大开眼界　默默无言　摸不着头脑

对这个出身贵族的政治犯，他既无恶感，也无好感，像这样不安分的青年，他见过很多。

阅读思考

1. 聂赫留朵夫从西蒙松看玛丝洛娃的眼神看到了什么？

2. 在聂赫留朵夫和政治犯热烈谈论之时，西蒙松在干什么？

# 二十四

西蒙松走后，聂赫留朵夫内心涌动着巨大的失落和无以言状的悲哀。一番思索后，他请人找来卡秋莎，想亲口听听她的意见。玛丝洛娃快步走到聂赫留朵夫公爵的跟前。

聂赫留朵夫公爵开口说："您请坐，西蒙松跟我谈过了。"

"他跟您说了些什么？"她问。

"他告诉我，他想跟您结婚。他要征得我的同意，我说这事全得您做主，由您决定。"

"我有什么可决定的？"玛丝洛娃说，"一切都早已决定了。"她明白，她这样的苦役犯，无法主宰自己的命运。

"您应当决定接受不接受西蒙松的求婚。"聂赫留朵夫说。

"像我这样的苦役犯怎么能做人家的老婆？我何必把西蒙松也给毁了呢？"她皱起眉头说。

"嗯，要是能获得特赦呢？"聂赫留朵夫说。

"唉，您别管我，我没有什么话要说了。"她说完后就走了。

**语言描写**

玛丝洛娃的这句话突出了她善良的本质，也解释了她不愿意和聂赫留朵夫结婚的原因。

## 精简点评

本节主要描写了玛丝洛娃对于她和西蒙松之间感情的看法，体现了玛丝洛娃不想拖累他人的想法，也暗示了玛丝洛娃与聂赫留朵夫的最终结局。

## 佳词美句

无以言状　主宰　特赦

西蒙松走后，聂赫留朵夫内心涌动着巨大的失落和无以言状的悲哀。

## 阅读思考

1. 玛丝洛娃是如何看待自己今后的人生的？
2. 玛丝洛娃为什么会说“一切都早已决定了”？

# 二十五

户外星光灿烂，聂赫留朵夫沿着结了冰的道路回到客店，躺下来休息。次日，他接到谢基尼娜的来信，请求他帮助克雷里卓夫，以便能让他留在城里养病。聂赫留朵夫知道此事很急，就叫了马车赶快去追那批犯人，在离牧场大门不远处，果然赶上了他们的大车。聂赫留朵夫吩咐车夫在克雷里卓夫旁边停下来，自己向他走去。聂赫留朵夫问他健康状况，他只是闭上眼睛，无力地摇摇头。他的全部精力显然因大车颠簸消耗光了。谢基尼娜坐在大车的另一边，对克雷里卓夫的情况很忧虑。

克雷里卓夫指着谢基尼娜说了一句话，可是谁也听不清，聂赫留朵夫把头凑过去，想听清他的话。

“哦，三个天体的问题怎样了？”克雷里卓夫喃喃地说，吃力地苦笑一下，“不容易解决吧？”

聂赫留朵夫不明白他的话，谢基尼娜就向他解释说，这原是一个确定日、月、地球三个天体关系的著名数学问题，克雷里卓夫把聂赫留朵夫、卡秋莎和西蒙松的关系比作那个问题。克雷里卓夫点点头，表示谢基尼娜正确地解释了他的玩笑。

“解决这问题的关键不在我。”聂赫留朵夫说。

“您接到我的信了？这事您肯办吗？”谢基尼娜问。

“我一定去办。”聂赫留朵夫说完，回到了马车上。

马车一直跑到河边的渡口。一艘渡船开来了。车辆一一上了渡船，渡船解开缆索，开船了。

聂赫留朵夫站在渡船边上，眼睛望着宽阔的湍急的河水，两个形象在他的头脑里交替出现：一个是濒死的克雷里卓夫，他满脸怒容，脑袋被大车颠得直摇晃；一个是卡秋莎，她同西蒙松一同走着。一个形象使他沉重而悲伤，那就是濒临死亡而不愿死去的克雷里卓夫；另一个形象是生气勃勃的卡秋莎，她获得了西蒙松这个男人，不会再漂泊无依了。这本是一件好事，但聂赫留朵夫觉得难受，而且无法克服这样的感觉。

城里教堂的大铜钟敲响了，渡船上的过客都脱下帽子，手画十字，做祷告。唯独有一个头发蓬乱、衣服上有许多补丁的老头不画十字，不做祷告。聂赫留朵夫的马车夫问他：

“老头子，你怎么不做祷告？”

**语言描写**

语言描写，表达了克雷里卓夫的幽默乐观，哪怕病得很重，依然不忘开聂赫留朵夫的玩笑，这是对生命的渴望。

**心理描写**

克雷里卓夫和卡秋莎交替出现在聂赫留朵夫脑海中，一个濒临死亡，一个满是生气，两人的状态形成鲜明对比。

“叫我向谁祷告？”

“当然是上帝啰。”

“那你倒指给我看看，他在哪儿？”

“在哪儿？当然是在天上。”

老头儿的话主要表达了祈祷对底层人民来说并没有实际意义。

“那你去过那儿吗？”

“去没去过也罢，反正大家都知道该向上帝祷告。”

“谁也没有在什么地方见过上帝。”老头儿恶狠狠地说。

“你信什么教呢？”一个站在船边的中年以上的人问。

“我什么教也不信。”老头儿说。

“一个人相信自己会做错事的。”聂赫留朵夫插嘴说。

“我一辈子没做过错事。”老头儿断然回答。

“那么你现在到哪儿去？”聂赫留朵夫问道。

“听天由命，有活就干活，没有活就讨饭。”老头儿发现渡船就要靠岸，将口袋背在背上。

老头儿不接受聂赫留朵夫的钱，这是他维护尊严的一种方式。

聂赫留朵夫掏出钱包，想给老头一点钱，但被拒绝了。

“这我不拿，面包我拿。”他说。

“哦，对不起。”

“你没有得罪我，不要说对不起。”

这时，聂赫留朵夫的马车已经套上马上岸了。

## 精简点评

克雷里卓夫病重，谢基尼娜希望聂赫留朵夫去城里疏通，允许其中一个人留下来照顾他，以免路上出事。聂赫留朵夫坐马车赶上那批犯人时，看到克雷里卓夫已经毫无精力，却依然拿他、西蒙松和玛丝洛娃的事情开玩笑，这种临死却不愿死的状态让聂赫留朵夫感到非常沉重和悲伤，而脑海中精力充沛的玛丝洛娃更是让他感到难过，这是他深爱玛丝洛娃的表现。

颠簸　缆索　湍急　恶狠狠

一个形象使他沉重而悲伤，那就是濒临死亡而不愿死去的克雷里卓夫；另一个形象是生气勃勃的卡秋莎，她获得了西蒙松这个男人，不会再漂泊无依了。

你如何看待渡船上的“老头儿”所说的话？

# 二十六

聂赫留朵夫跟随押送囚犯的队伍来到西伯利亚一个大城市，他去拜见城市的长官，一位边区部队的将军。

将军身体不舒服，不想见客，聂赫留朵夫还是要求听差把他的名片送进去。听差回来，带来他满意的答案：“将军有请。”

“您好，阁下！我穿着睡袍见客，请不要见怪，不过总比不见好。”他拉起长袍盖住他那后颈上堆起的粗脖子，“我身体不太好，没有出门，什么风把您吹到我们这个偏僻的小城来了。”

> **名师解读**
> 将军本来称身体不好，不想见客，可看到聂赫留朵夫的名片后，还是穿着睡袍会见了他，还说“总比不见好”，这种随性的待客方式充分揭露了将军势利、虚伪、谄媚的本性。

“我是随一批犯人来的，其中有个人跟我关系密切，”聂赫留朵夫说，“我现在来求阁下帮忙，一部分就是为了这个人，另外还有一件事。”

名师解读

将军听到聂赫留朵夫所讲述的关于玛丝洛娃的案情，只是冷冷地抛出一句："那又怎么样?"显然是在说：这跟"我"有什么关系呢?他对玛丝洛娃一案是否判错完全不在意，根本不关心玛丝洛娃会因此而遭受的命运，他是没有怜悯和同情心的。

聂赫留朵夫告诉他，他所关心的人是个女的，她被错判了罪，为她的事已递了御状。

"哦！那又怎么样？"将军说。

"彼得堡方面答应我，有关这女人命运的消息最迟在这个月通知我，通知书将寄到这里……"

将军依旧盯住聂赫留朵夫，伸出指头很短的手，按了按桌上的铃，然后嘴里喷着烟，特别响地清了清喉咙，又继续听下去。

"因此我有个要求，如果可能的话，在没有收到那个状子的批复之前暂时把她留在此地。"

"那么，您还有什么事吗？"将军又问聂赫留朵夫。

"我还有一个要求，"聂赫留朵夫说，"牵涉这批犯人中的一个政治犯。他病得很厉害，人都快死了，得把他留在这儿的医院里，有一名女政治犯愿意留下来照顾他。"

"她不是他的亲属吧？"

"不是，但只要能让她留下来照顾病人，她准备嫁给这个人。"

神态描写

突出表现了将军那咄咄逼人、想要促使聂赫留朵夫感到不安的神态。

将军那双炯炯有神的眼睛一直盯着聂赫留朵夫，默默地听着，显然想用这种目光逼得对方局促不安。

等聂赫留朵夫讲完，他从桌上拿起一本书，舔湿手指，翻动书页，找到有关结婚的条款。

"她判的是什么刑？"他抬起眼睛问。

"她判的是苦役。"

"哦，要是判了这种刑，即使结了婚，也不能改善待遇。"

"可是您要知道……"

"请您让我把话说完。即使一个自由人同她结了婚，她照样得服满她的刑。这儿有个问题：谁判的刑更重，是他呢，还是她？"

"他们两人都判了苦役。"

"嘿，那倒是门当户对了。"将军笑着说。"他什么待遇，她也什么待遇，他有病可以留下来，"他继续说，"而且当然会设法尽量减轻他的痛苦，不过她即使嫁给他，也不能留在此地……"

"将军夫人正在喝咖啡。"勤务兵报告说。

将军点点头，继续说：

"不过再让我考虑一下。他们叫什么名字？请您写在这儿。"

聂赫留朵夫写下了他们的名字。

"这事我也无能为力，"将军听到聂赫留朵夫要求同病人见面，说，"对您，我当然不会怀疑。您关心他，关心别的人，您又有钱。您大概常跟政治犯见面吧，您给了钱，他们就放您进去，是吗？"他又笑嘻嘻地说："是这么回事吧？"

"是的，确实是这样。"

"那么，现在您给我讲讲，你们京城里有些什么新闻？"

于是将军就开始发问，同时自己也发表意见，分明既想听听新闻要点，又想显示自己的知识和人道主义精神。

**语言描写**

将军的这段话既嘲讽了囚犯崇高的行为，又拒绝了聂赫留朵夫的请求。

**语言描写**

将军这段话属于话里有话，一来表达自己对聂赫留朵夫的尊重，二来巧妙地对聂赫留朵夫的行为进行了批评。

## 精简点评

本节主要描写了聂赫留朵夫去见将军的情景。在这场会面中，无论是将军的语言，还是将军的神态、动作，无不流露了一种不通情达理的气息，他借助法律这个残忍的工具，巧妙又圆滑地回答了聂赫留朵夫的请求，之后却又大谈自己的人道主义精神，可谓虚伪、滑稽至极。

## 佳词美句

笑嘻嘻　无能为力　炯炯有神

将军依旧盯住聂赫留朵夫，伸出指头很短的手，按了按桌上的铃，然后嘴里喷着烟，特别响地清了清喉咙，又继续听下去。

阅读思考

1. 你是怎么理解"不过总比不见好"这句话的？
2. 将军为什么一直盯着聂赫留朵夫？

# 二十七

"哦，请问您在哪里下榻？在玖可夫旅馆吗？哦，那地方真是糟透了，回头您到我这儿来吃饭吧，"将军一面送走聂赫留朵夫，一面说，"下午五点钟，您会说英语吗？"

"会，会说。"

"哦，那太好了。不瞒您说，我们这儿来了一个英国人，是个旅行家，他在研究西伯利亚流放和监狱的情况。今天他要到我们这儿来吃饭，您也来吧。我们五点钟开饭，我妻子要求严格遵守时间。至于怎样处理那个女人，还有那个病人，我下午给您答复，也许可以留下一个人来照顾他。"

**语言描写**　将军邀请聂赫留朵夫来家里吃饭，是因为自己家里要来一位英国客人，而聂赫留朵夫会说英语，显然是让聂赫留朵夫过来当翻译；而且将军很巧妙地抓住了聂赫留朵夫对玛丝洛娃的关心，利用他关心的心理，给他一个期盼，这是将军圆滑、奸诈的体现。

聂赫留朵夫辞别将军，心情特别振奋，就乘车到邮政局去了。

聂赫留朵夫一说出名字，说有一大堆邮件交到他手里。有几封信，有几本书，还有最近一期的《祖国纪事》。聂赫留朵夫翻阅收到的信，其中有一封是挂号信，信封很讲究，上面还盖有字迹清楚的鲜红火漆印。他拆开信封，看到信是谢列宁写的，还附着一份公文，血顿时涌上脸孔，心脏也紧缩了。这就是关于卡秋莎案的批复。是个怎样的批复？难道是驳回吗？聂赫留朵夫匆匆看了一下，字迹很小，很难辨认，但笔力刚健。

他看了信，不由得高兴地舒了一口气——批复是令人满意的。

“亲爱的朋友！”谢列宁写道，“你上次同我的谈话给我留下了深刻印象。关于玛丝洛娃一案，你的意见是正确的。我仔细查阅了这个案件，看出她受到不白之冤，确实令人愤慨，这事只能由你递交状子的上诉委员会来改正。我协助了他们裁决这个案件，现随信寄上减刑公文的副本，地址是察尔斯基伯爵夫人给我的。公文正本已送往她当初受审的监禁地，即将转到西伯利亚总署。我赶紧把这个喜讯告诉你，友好地握你的手。你的谢列宁。”

公文内容如下：

> 皇帝陛下受理上告御状办公厅。案由某某号，案卷某某号，某某科，某年，某月，某日，奉皇帝陛下受理上告御状办公厅主任令，特通知小市民叶卡捷琳娜·玛丝洛娃，皇帝陛下批阅玛丝洛娃御状，体恤下情，恩准所请，着将该犯所判苦役改为流放，在西伯利亚较近处执行。

这是一个大喜讯。凡是聂赫留朵夫希望为卡秋莎和自己做到的事，如今都已实现了。现在也没有东西能妨碍他们的生活了。但是他现在又不得不考虑起玛丝洛娃和西蒙松的关系来，他不明白玛丝洛娃昨天的那番话到底是什么意思，既然想不通，他便索性不再去想了。“这一切以后都会清楚的，”他想，“现在得赶快去同她见面，把这个喜讯告诉她，把她释放出来。”他以为凭到手的副本就足以办到这一点。他走出邮政局，吩咐车夫把他送到监狱。

典狱长身材魁伟，威风凛凛，他接待聂赫留朵夫时很严厉，直率地声称，未经长官批准，不能让任何人进去探监。聂赫留朵

**名师解读**

谢列宁的来信，展现了他对聂赫留朵夫的意见是在乎的。此外，他现在已经不再为枢密院辩护，而是仔细地查阅案件，表达自己愤慨的心情。

**阅读笔记**

夫说，他在京城里也常去探监。典狱长听了回答说：

“这很可能，但我不能容许这样做。”

叙述

突出展现了典狱长秉公办事的态度，极具讽刺性。

皇帝陛下办公厅发的公文副本对典狱长也不起作用，他断然拒绝放聂赫留朵夫进监狱。聂赫留朵夫天真地以为他一出示公文副本，玛丝洛娃就可以当场获得释放。不料，典狱长只轻蔑地微微一笑，声称要释放任何人犯，必须有他顶头上司的命令。他所能答应的只有一件事，那就是他可以通知玛丝洛娃，说她已获得减刑，一旦接到上级批文，就会立刻把她释放，不会耽搁一个钟头。

聂赫留朵夫虽然在监狱里碰了壁，但他还是兴奋地乘车去省长办公室，查问玛丝洛娃的减刑公文有没有到达。公文还没有到，因此聂赫留朵夫一回到旅馆，毫不耽搁，立刻写信把这事告诉谢列宁和律师。他写完信，看了看表，已经是去将军家赴宴的时间了。

细节描写

突显了宴会奢侈、豪华的排场，和西伯利亚这座偏僻的小城格格不入。

将军家的宴会十分豪华，显示出富豪和达官的生活排场。

在筵席上就座的除了将军的女儿和女婿以及将军的副官等家里人，还有一个英国人、一个开采金矿的商人和一个从西伯利亚边城来的省长。聂赫留朵夫觉得这些人都和蔼可亲。

人物描写

突出塑造了一个个性鲜明的英国旅行家的人物形象，使读者对旅行家有了深刻的印象。

那个英国人身体强壮，面色红润，法语讲得很差，但英语讲得像演说家一般优美动听。他见多识广，讲到美国、印度、日本和西伯利亚的见闻，使大家都觉得他是个有趣的人。

人人对聂赫留朵夫都很亲切殷勤，而且因能同他这样一位有趣的新伙伴结交感到很高兴。将军身穿军服，脖子上挂着白十字章，出来主持宴会。他对聂赫留朵夫像对老朋友似的打了个招呼，立刻邀请客人们吃冷盘和伏特加。将军问聂赫留朵夫从他家出去后做了些什么，聂赫留朵夫说他到过邮政局，知道早晨谈起的那个女犯已得到减刑，同时再次要求将军准许他探监。

将军皱起眉，一言不发。

英国人喝完一杯伏特加，说他今天参观过大教堂和一座工厂，还希望参观一所大的罪犯监狱。

“那正好，”将军对聂赫留朵夫说，“你们可以一起去。给他们开张通行证。”他对副官说。

“您希望什么时候去？”聂赫留朵夫问英国人。

“我愿意晚上去参观监狱，”英国人说，“所有的人都在监狱里，事先不做准备，一切都保持本来面目。”

英国人自己有一辆轻便马车，聂赫留朵夫就吩咐英国人的车夫把车驾到监狱里去。他自己坐上四轮马车，因为要去履行一项不愉快的义务，他感到心情沉重。就这样，他坐在柔软的马车上，跟在英国人后面，在雪地上剧烈颠簸着往监狱驶去。

**细节描写**

突出表现了聂赫留朵夫对参观监狱这项活动的心情。

本节主要描写了三件事：一是聂赫留朵夫收到了谢列宁的来信，得知玛丝洛娃的判决由苦役犯改为流放；二是聂赫留朵夫去监狱，准备把判决结果告诉玛丝洛娃时，遭到了典狱长的拒绝；三是聂赫留朵夫参加将军豪华的宴会，并请求将军允许他探监。其中，作者将严厉的典狱长和前文法庭上的那些审判长、法官、律师、陪审员的态度形成鲜明的对比，若是在法庭上这般秉公办案、小心谨慎，那怎会有那么多的冤案发生呢？在西伯利亚这种地方，依然能够见到豪华的宴会，富豪、达官的生活排场扑面而来，可见奢侈、浪费之风早已在整个国家的每个角落开花、结果。

**佳词美句**

翻阅　愤慨　魁伟　耽搁　不白之冤　威风凛凛

聂赫留朵夫翻阅收到的信，其中有一封是挂号信，信封很讲究，上面还盖有字迹清楚的鲜红火漆印。

阅读思考

概述谢列宁信中的内容。

# 二十八

细节描写

看到长官开的通行证，典狱长也很困惑不解，但还是选择执行命令，体现了典狱长的无奈。

威风凛凛的典狱长走到大门口，看了看聂赫留朵夫和英国人的通行证，困惑不解地耸耸强壮的肩膀，但还是执行命令，邀请这两位来访者进去。沿着楼梯走上办公室，他请他们坐下，问有什么事要他效劳。他听说聂赫留朵夫要跟玛丝洛娃见面，就派看守去把她找来，自己则准备回答英国人通过聂赫留朵夫的翻译向他提出的问题。

聂赫留朵夫给英国人翻译到一半，就听见越来越近的脚步声。办公室的门开了，像以往历次探监那样，先是一个看守走进来，接着是身穿囚服、头包头巾的卡秋莎。他一见卡秋莎，立刻感到心情沉重。

名师解读

看到玛丝洛娃，聂赫留朵夫心情立刻十分沉重，脑子里立刻产生了“我要生活，我要家庭、孩子，我要过人的生活”的念头，这是他内心对玛丝洛娃的爱情的觉醒。

“我要生活，我要家庭、孩子，我要过人的生活。”当卡秋莎没有抬起眼睛，快步走进房间里时，聂赫留朵夫头脑里掠过这样的念头。

“减刑批准了，您知道吗？”聂赫留朵夫说。

“知道了，看守告诉我了。”

“只要等公文一到，您高兴往哪里去就可以往哪里去了。让我们来考虑一下……”

她赶紧打断他的话：

“我有什么可考虑的？西蒙松到哪里，我就跟他到哪里。”

她尽管十分激动，却抬起眼睛来瞧着聂赫留朵夫，这两句话说得又快又清楚，斩钉截铁，仿佛事先准备好似的。这句话究竟是她对他的感恩，或是报复呢？谁也说不清楚。

**名师解读**

玛丝洛娃最后选择了西蒙松，但不代表她不爱聂赫留朵夫。为了聂赫留朵夫的自由，为了不给聂赫留朵夫的名誉带来影响，她选择克制了自己的情感，这是她自我牺牲精神的体现。

“哦，是这样！”聂赫留朵夫大失所望，无奈地说。

“嗯，德米特里·伊凡诺维奇，倘若他要跟我一块儿生活，”她发觉说溜了嘴，连忙住口，然后纠正自己的话说，“倘若他要我待在他身边，我应该认为这是我的福气。我还图个什么呢？”

聂赫留朵夫端详着她，心中琢磨着：“她断然做出这样的决定，其出发点可能有两个：或者她真的爱上了西蒙松，根本不需要我为她做什么牺牲了；或者她还在爱我，为了我好才拒绝了我，索性破罐子破摔，把自己的命运同西蒙松这个苦役犯结合在一起，在寒冷的西伯利亚了结自己的余生，而让我这样的名人能将自己的热和光发挥在更有意义的事业上，不为她这种坏名声的女人浪费一生。”想到这里，他觉得她仍在为他过得好而做牺牲，羞愧感在他心中油然而生，脸也红了。

**心理描写**

详细剖析了聂赫留朵夫的内心活动，流露了他内心的真实想法。

“要是您爱他……”他说。

“什么爱不爱的！那一套我早已丢掉了。不过，西蒙松这人确实和别人不同。”

“是啊，那当然，”聂赫留朵夫又说，“他是个非常出色的人，我想……”

她又打断了他的话，好像怕他说出不该说的话来，节外生枝，或者是怕时间短促，她自己不能把话说完似的。

“嗯，德米特里·伊凡诺维奇，要是我做的不合您的心意，那您就原谅我吧。”她用她那斜睨的目光神秘地瞧着他的眼睛，说，

“嗯，看来只好这样办了，您自己也得生活呀。”

她说的正好是他刚才所推想的，但此刻他已不思考这个问题了，他的思想感情已完全转入了另一个方面。他不仅感到羞愧，而且感到惋惜，惋惜从此失去了她。

**心理描写** 流露出聂赫留朵夫内心的失落和惋惜。

“我永远失去她了，也永远失去了家庭、生活和幸福，也不会有孩子了。”他感到他此生和她无缘，而且也从此和幸福无缘了。

“我真没料到事情是个这样的结局。”他说。

“您何必再待在这儿受罪呢？您受罪也受够了。”她说完，令人不解地微微一笑。

“我并没有受罪，我过得挺好。要是可能的话，我还愿意为你们出力呢。”

“我们，”她说“我们”两个字时对聂赫留朵夫瞅了一眼，“我们什么也不需要，您为我出的力已经够多了。要不是您……”她想说些什么，可是声音发抖了。

“您不用谢我，不用。”聂赫留朵夫说。

“何必算账呢？我们的账让上天去算好了。”她说着，一双眼睛闪着泪花。

“您是多么好的女人啊！”他说。

“我是好女人？”她含着眼泪说，悲戚的微笑使她的脸亮堂起来。

**语言和神态描写** 玛丝洛娃神态的变化和话语都展现了她已经从心里原谅了聂赫留朵夫，并重新认可了他。

“你好了吗？”这时英国人问道。

“快了。”聂赫留朵夫答道，接着他又问了一下克雷里卓夫等人的情况。

分别在即，她强自镇定下来，平静地把她所知道的情况告诉他：克雷里卓夫路上身体很虚弱，一到这里就被送进医院。谢基尼娜很不放心，要求到医院去照顾他，可是没有获得准许。

“那么我该走了吧？”她发现英国人在等聂赫留朵夫。

“我现在不同您告别，我还要跟您见面的。”聂赫留朵夫说。

“请您原谅。”她说，声音低得几乎听不见。他们的目光相遇了，从她古怪的斜睨的眼神里，从她说“请您原谅”而不说“那么我们分手了”时伤感的微笑中，聂赫留朵夫明白，她做出决定的原因是后一种。她爱他，认为自己同他结合，就会毁掉他的一生，而她跟西蒙松一起走开，就可以使他恢复自由。现在她由于实现了自己的愿望而感到高兴，同时又由于要跟他分手而觉得惆怅。

**神态和语言描写** 明确地指出玛丝洛娃选择西蒙松的真正原因。

她握了握他的手，慌忙转身走出办公室。

本节主要描写了聂赫留朵夫和玛丝洛娃在监狱里对话的情景。当听到玛丝洛娃决定跟西蒙松走时，聂赫留朵夫开始在心中琢磨玛丝洛娃这么做的原因，直到玛丝洛娃说出“嗯，看来只好这样办了，您自己也得生活呀”时，聂赫留朵夫才发现自己永远失去她了。在玛丝洛娃的神态和言语中，聂赫留朵夫明白了她之所以选择西蒙松而不是自己，是因为她爱自己，但她希望自己恢复自由，去过更有意义的属于自己的生活，这是玛丝洛娃的愿望，是牺牲自己的爱情，实现自己的愿望。

**佳词美句**

大失所望　惆怅　困惑不解　斩钉截铁　油然而生

威风凛凛的典狱长走到大门口，看了看聂赫留朵夫和英国人的通行证，困惑不解地耸耸强壮的肩膀，但还是执行命令，邀请这两位来访者进去。

1. 在监狱里见到卡秋莎，聂赫留朵夫的心情为何变得很沉重？

2. 最后聂赫留朵夫明白了玛丝洛娃决定和西蒙松一起生活的原因了吗？

## 二十九

名师解读

曝光了监狱恶劣、糟糕的环境。病重的人也要挤在拥挤的牢房里，暴露了官员们毫无怜悯、毫无同情心、毫无人性的本质。

参观监狱的活动开始了。典狱长、英国人和聂赫留朵夫在几个看守的陪同下，穿过门廊和过道，走进第一间苦役犯牢房。牢房中央放着一排板床，犯人都已睡了，里面有七十个人。他们躺在那儿，头挨着头，身子挨着身子。参观的人一进来，个个都从床上跳起来。只有两个人因为病重，躺着没有起来。

英国人询问了生病犯人的情况，原来监狱医院人满，病人只好仍旧住在这儿。英国人通过聂赫留朵夫的翻译，向犯人们宣讲了借助信仰和赎罪来拯救灵魂的道理，讲完后便往下一个牢房走去。

聂赫留朵夫在一次又一次的宣讲中，也看到了囚犯们恶劣的生活环境和匮乏的精神世界。

名师解读

相比身体所遭受的苦难，精神的空虚更令这些囚犯痛苦。

原来他们不仅是身体上在受苦，精神上更是被愚昧和无知所束缚，从而不得安宁。

他们来到关押流放犯的牢房里，聂赫留朵夫看见早晨在渡船上见到过的怪老头。从他的口中，聂赫留朵夫得知了牢房里的黑暗与丑陋。

聂赫留朵夫和英国人从监狱的太平间路过，顺便进去看看。

太平间是个不大的普通牢房，墙上有一盏灯，微弱地照亮了板床上的四具尸体。第一具尸体穿着麻布衣，个头儿很大，留有胡子。和他并排躺着的是一个老妇人，她穿着白衣白裙，头上有稀疏的短辫子。老妇人尸体后面还有一具男尸，穿紫红色衣服。这种颜色使聂赫留朵夫想起了什么。

他走近，仔细看着这具尸体。

往上翘起的山羊胡子，挺拔好看的鼻子，白净的高高前额，稀疏的鬈发，这些特征是他所熟悉的。他简直不敢相信自己的眼睛，昨天还看见这张脸是激愤和痛苦的，今天却变得宁静安详而且美得出奇。

是的，他就是克雷里卓夫，至少是他的物质生命留下的遗迹。

“他受苦受难是为了什么？他活着又为了什么？这些问题他现在明白了吗？”聂赫留朵夫想，觉得这些问题无法解答。

死亡是生者的悲哀，他不知道谢基尼娜眼下多么难过，昨天她还愿意嫁给他。

死亡是生命的解脱，克雷里卓夫从此再也没有痛苦了，他可以安详地待在天国。

人每天要吃下大量生物，生命本来就靠大量死亡来延续，因此人最后也要死亡。

克雷里卓夫这个带着一伙人在大街上投炸弹，搞暗杀的激进分子头目，最后其本人也逃不掉死亡的命运。

人应当“向死而生”，每天甚至时时刻刻都应意识到他的生命的终点是死亡，唯有这样，无意义的生命才变得有意义。

以上是聂赫留朵夫对死亡的思考。

**细节描写**

对太平间尸体的描写，主要是为了引出克雷里卓夫的尸体，推动故事情节的发展。

**外貌描写**

突出展现了克雷里卓夫所遗留下的、属于他自己的外貌特征，以及他那宁静安详且美得出奇的脸。

**议论**

解释了人为什么要“向死而生”。

本节围绕聂赫留朵夫陪陪英国人参观监狱展开，他再次目睹了“囚犯们恶劣的生活环境和匮乏的精神世界”。在本节末尾，他关于死亡的思考发人深省。

## 佳词美句

稀疏　遗迹　解脱

他简直不敢相信自己的眼睛，昨天还看见这张脸是激愤和痛苦的，今天却变得宁静安详而且美得出奇。

## 阅读思考

1. 英国人向犯人们宣讲了什么内容？
2. 请概述聂赫留朵夫对死亡的思考。

# 三十

回到旅馆，聂赫留朵夫没有上床睡觉，而是在房间里久久地来回踱步。他跟卡秋莎的事已经结束，她不再需要他，这使他感到伤心和羞愧。但是使他痛苦的却是另一件事：在这段时间里，特别是今天在这座可怕的监狱里目睹的骇人听闻的罪恶，不仅看不到战胜它的可能，甚至不知道怎样才能把它战胜。

名师解读

在为玛丝洛娃的案子奔波和跟玛丝洛娃一起流放的路途中，聂赫留朵夫经历了很多事，他看到了监狱的残酷、法庭的腐败……这些都使他对整个社会进行深刻的思考，他想要去战胜这些可怕的东西，但是他不知道如何去做。

他来回走得有点累了，脑子也思索得有点累了，就在靠近灯光的沙发上坐下来。

这一晚的聂赫留朵夫有了新的感悟。他凝视着那盏油灯的光，想得出神。

从这天晚上起，聂赫留朵夫开始了一种崭新的生活，不仅因为他进入了一个新的生活环境，还因为从这时起他所遭遇的一切，对他来说都具有一种跟以前截然不同的意义。至于他生活中的这个新阶段将怎样结束，将来自会明白。

聂赫留朵夫在帮助玛丝洛娃的过程中，目睹了监狱里骇人听闻的罪恶，看到了底层人民生存的艰难，参与了法庭毫不负责的审判；他的心灵、精神、灵魂都已经得到了复活。对于聂赫留朵夫的未来，作者并没有过多地交代，给读者留下了很大的思考空间，也是作者对改变时代特征之艰难的暗示。

## 佳词美句

崭新　骇人听闻

从这天晚上起，聂赫留朵夫开始了一种崭新的生活，不仅因为他进入了一个新的生活环境，还因为从这时起他所遭遇的一切，对他来说都具有一种跟以前截然不同的意义。

使聂赫留朵夫痛苦的事是什么？

# 读　后　感

## （一）

《复活》讲述了这样一个故事：生活在上层社会的贵族德米特里·伊万诺维奇·聂赫留朵夫公爵引诱了姑妈家的女仆玛丝洛娃，然后抛弃了她。不久后，可怜的玛丝洛娃怀孕，但被公爵的姑妈们赶出了家门，随后堕入社会底层，沦为妓女。十年后，玛丝洛娃被指控谋财害命，在法庭上接受审判，聂赫留朵夫公爵以陪审员的身份出席审判，两人再次相遇。聂赫留朵夫陷入了深深的自责，认为自己是罪人。于是，他开始为玛丝洛娃四处奔走求人，还决定跟她结婚，跟她一起去西伯利亚。小说的结局，聂赫留朵夫和玛丝洛娃都复活了，玛丝洛娃选择和政治犯西蒙松在一起，聂赫留朵夫则开启了新的生活。

作者在小说中塑造了很多人物形象，如审判长、法官、检察官、陪审员、典狱长、看守员、女犯人、农民、政治犯、将军、政客等。这些人物独具特性，性格鲜明，有的好色，有的贫苦，有的思想先进，有的攀权附贵，有的阿谀奉承……作者把百态人性展现得淋漓尽致。

小说以聂赫留朵夫为玛丝洛娃的案件四处奔走为主线，向读者揭示了黑暗社会的本质，引导读者对宗教、法律、土地制度、司法制度、监狱的作用、人性等问题进行思考。

仔细品读整部小说，我能看到作者刻画人物和描摹人物心理活动的高超技巧。每个人物形象都有其独特性，言行都非常符合人物的身份和角色。这样高超的写作技巧值得我们用心品味和学习。

## （二）

古语云："知错能改，善莫大焉。"可是，很多人不知道，自己为何而改变，又该如何改变。改正的初衷和动机对犯错的人来说很重要。

列夫·托尔斯泰的长篇小说《复活》中的男主人公聂赫留朵夫，年轻的时候诱奸了姑妈家的养女玛丝洛娃，把玛丝洛娃推入了社会最底层，使其不得不靠出卖肉体来谋生。这是年轻的聂赫留朵夫犯下的错。

十年后，聂赫留朵夫作为陪审员参加法庭案件的审判，一眼认出了被告——玛丝洛娃，他为当年自己的错误而感到后悔，所以为玛丝洛娃的案子四处奔波，并提出要和玛丝洛娃结婚。

聂赫留朵夫认识到自己的错误，也为此付诸行动，但他的出发点其实是自私的。他是为了救赎自己，让自己不再愧疚。因此，他才会轻易相信看门人说"玛丝洛娃和医士调情"，才会决定和玛丝洛娃结婚，内心那个魔鬼才总跳出来。若是聂赫留朵夫一直抱着这样的动机去帮助玛丝洛娃，那么他肯定不会重生，不会找到生活的真谛。

知错能改是一种人生态度，但是我们不能站在道德的制高点去强迫别人原谅，因为这样于事无补，对我们的道德发展也是有百害而无一益的。

"人非圣贤，孰能无过。"在人生这条漫长的道路上，我们总归是会犯错误的。犯错误不可怕，但要勇于改正错误。但是需要注意的是，改正错误的出发点一定利他，而非利己，否则改正错误就变得毫无意义了。

## 考点透视一

### 一、填空题

1. 当年，他认为自己的真正的“我”是自己在________，可现在呢，他认为代表自己的是自己的健康的________的具有________的“我”。

2. 如果相信自己，解决任何问题都应当不利于自己的动物性的“我”，而几乎违背这个动物的我，因为动物的我只追求________；相信________，就没有什么问题需要解决了，因为人家已经把一切问题都解决好了，而这种解决方式都是________，有利于动物性的“我”的。

### 二、问答题

再次见到卡秋莎时的聂赫留朵夫在精神层面发生了什么变化？

______________________________

______________________________

## 考点透视二

### 一、填空题

1. 她踩着________的步子再次走到聂赫留朵夫眼前站住，________，不信任地看了他一眼。她的黑头发也像前天一样，卷成一个个小圈，________在额头上。________的脸有点病态，却招人喜欢，而且十分________，只有那双乌黑的________的眼睛，在________的眼皮下闪出特别的光辉。

2. 如今，这个________、________、胡子上洒着________的老爷，对她而言，已不是她所爱过的那个聂赫留朵夫，而是一个________的人。

## 二、问答题

聂赫留朵夫内心的诱惑者对他说了什么？（请用原文回答）

________________________________________

________________________________________

________________________________________

# 考点透视三

## 一、填空题

1. 玛丝洛娃________就懂得了这些人从事________的动机。

2. 早在那个时候，她就已经留意到这个人很特别，外表很严肃，令人________，但目光中有一种________，显出他是个好人。

3. 聂赫留朵夫觉得自己在这次旅行中一直________，________地关心和________一切人，从________和________，直到他与之打过交道的________和________。

## 二、问答题

1. 请陈述柯察金一家和聂赫留朵夫在车站分别时的场景，用原文回答。

________________________________________

________________________________________

________________________________________

2. 跟玛丝洛娃一起步行的还有谁？他们为什么也步行？

________________________________________

________________________________________

________________________________________

# 参考答案

## 考点透视一

### 一、填空题

1. 精神上的存在 精力充沛 动物本能

2. 轻松的快乐享受 其他人 违背精神的我

### 二、问答题

当年那个纯真忘我的聂赫留朵夫已经变成了一个堕落的恶毒的利己主义者，所爱所想的仅仅是享受，曾经的志向已经不复存在了。

## 考点透视二

### 一、填空题

1. 徐缓 皱着眉头 飘落 浮肿苍白 安详 斜视 浮肿

2. 衣冠整洁 养尊处优 香水 截然不同

### 二、问答题

“您对这个女人已毫无办法，”诱惑者说，“您只会把一块石头吊在自己的脖子上，活活淹死，无法去做对别人有益的事。给她一些钱，把您现在身边的钱都给她，同她告别，从此一刀两断，岂不更好？”

# 考点透视三

## 一、填空题

1. 毫不费力 革命活动

2. 望而生畏 稚气

3. 情绪昂扬 不由自主 体贴 马车夫 押解兵 典狱长 省长

## 二、问答题

1. 柯察金一家搭乘的头等火车要开了，临上车之际，米西的母亲、柯察金公爵夫人伸出一只戴满戒指的白手，等聂赫留朵夫握手，但他没有握她的手。公爵夫人邀请他到她家里去做客，嘱咐他务必要来，聂赫留朵夫也没有应允。

2. 跟玛丝洛娃一起步行的还有两名政治犯：一名是谢基尼娜；另一名是流放到雅库茨克省的男犯，名叫西蒙松。谢基尼娜之所以步行，是因为把座位让给一个怀孕的女刑事犯。西蒙松为什么也步行呢？他出身贵族，本来有享受坐车的权利。可是他觉得享受阶级特权是不合理的，也加入步行之列。